윤정옥 소설집

거울 속 뒷모습

윤 정 옥
소 설 집

거 울 속 뒷 모 습

새미

차 례

윤 정 옥
소 설 집

거울 속 뒷모습

거울 속 뒷모습

절은 이미 옛 절이 아니었다.

노송은 옛 모습으로 과거를 상기시켜 주고 있을 뿐 모든 것은 현대식 건물로 개축되었다.

한 번도 본 일이 없는 시어머니가 오랫동안 계셨다는 남해의 이 절. 산 중턱에 오르면 흐린 날에는 하늘과 바다가 구분되지 않는다. 바다에 하늘이 닿아 있어 어느 선이 바다이고 어디서부터가 하늘인지 그 색조차 똑같아서 구분하기 어려웠다. 늙은 소나무만이 모든 역사를 알고 있다는 듯 바다를 향해 구부정한 허리를 펼 줄 모른다.

묘진은 노송에 기대어 어머니가 만져보았을 그 손길을 느껴보고 싶어 나무의 마른 껍질을 만져보았다. 왜 이 절을 찾게 된 것일까. 어른이 되어서 처음 와 보는 절이다. 중학교 때 수학여행으로 들린 적이 있으나 전혀 기억에 없었다. 그래도 많은 이야기를 들으며 익히 머릿속에서 그려봤던 터라 금세 낯섦에서 익숙해졌다.

대웅전은 새아씨 얼굴처럼 원색의 단청으로 분장하고 있었다. 풍경소리가 그윽하게 뜰 안을 울린다. 고즈넉한 산속의 저녁에 풍경소리 외에 다른 소리는 어울릴 것 같지도 않다. 바다와 산과 절과 일몰. 시어머니는 그 낙조를 보며 필시 장남인 자신의 남편을, 가슴으로 그렸을 터였다.

지금은 흔적도 없이 사라졌지만 여자로서 아픈 세월을 살다간 시어머니의 짧은 생애를 묘진 또한 이 자리에서 바라보고 있다. 좀 더 사실적으로 말해 시어머니는 죽었는지 살았는지 모른다. 다만 죽었을 것이라고만 추측할 뿐이다. 그 당시 폐병으로 몹시 앓고 있었고 주민등록상 최후의 주소지가 이 절로 되어 있을 뿐이었다. 그리고 이 절에서부터 그 후의 20년간은 전혀 기록이 되어 있지 않은 것이다.

재혼을 했었을까. 그래서 자식들 앞에 나타나지 않은 것일까. 그래도 주민등록증 갱신이 몇 번 있었는데 한 번도 갱신하지 않은 것을 보면 틀림없이 죽었다고 봐야 할 것이리라. 어떻게 대한민국에서 주민등록증 없이 20여 년을 살 수 있을 것인가. 살아 계시다면 지금 73세.

적당히 갸름한 얼굴에 쌍꺼풀 없는 눈에는 잔잔한 미소가 늘 어리어 있었고 곧고 날카로운 콧날은 예리해 보였다. 뺨의 광대뼈가 약간 도드라지고 볼이 들어간 편이며 턱은 의외로 둥글고 다른 사람보다 조금 강해 보였다. 결코 미인이랄 수도, 못생기지도 않은 개성 강한 얼굴이었다. 남편과 결혼한 후에 사진으로만 보아 왔었다. 어머니보다 얼굴이 조금 더 길며 뺨이 더 깊이 패었고 턱이 자신만만하게 보일 정도로 당당해 보이는 차이를 빼면 남편은 판에 박은 듯 자기 어머니와 똑같았다.

남편은 늘 그런 어머니를 그리워하며 가슴에 품고 살았는데 아마 23살 먹던 해 헤어진 것이 50이 되도록 영영 볼 수 없게 되어버려 어머니에 대한 모든 기억은 잡을 수 없는 안개처럼 안타까움 때문에 더욱 미화되어 갔는지도 모른다.

묘진이 남편에게 찾아봐야 하지 않겠느냐고 몇 번 말했을 때 '그래야지' 하면서도 자주 옮겨 다니던 특수공무원 신분 때문에 바쁘단 핑계로 막상 발 벗고 나서본 적이 없었다. 묘진 역시 연년생 아이들을 힘겹게 키우느라 시어머니 생각은 뒷전이었다.

"어머니. 저 내일 월남 갑니다."

월남전으로 파견되기 전날, 남편이 전화로 알렸을 때,

들려온 어머니 목소리는 아직도 그의 기억 속에서 생생이 되살아났다.

"가지 마라! 가지 마라!"

충격에 목이 잠긴 소리로 울부짖던 어머니. 그렇게 전화 통화를 한 것이 끝이었다. 남편은 베트남 전쟁이 막바지에 이르렀을 때 지원해서 1년 동안 전쟁터에 가 있었다. 월남 패망을 앞두고 약간의 부상을 입고 귀국하여 이 절에 와 보았을 때는 어머니는 안 계셨고 그런 사람은 아무도 기억하고 있지 않았다. 모른다는 말뿐이었다.

정말 어찌 된 일일까? 죽었을까? 산속에라도 숨어서 두문불출한 것일까? 아니면 결핵요양원이라도 계시다 돌아가셨나? 그도 아니면 행려병자라도 되어 돌아가셨을까? 혹 자살이라도……? 별의별 상상을 하면서 묘진은 절 마당에 어둠이 내리는 것을 보며 암자로 들어왔다.

묘진은 방 한구석에 개켜진 이불 위에 있던 베개를 꺼내 아무렇게나 베고 누웠다. 짠맛도 단맛도 신맛도 쓴맛도 아닌 전부 뒤섞여서 묘한 맛을 내듯 기분이 형용할 수 없이 묘했다. 20년 결혼 생활에 종지부를 찍으며 마지막으로 마음 정리를 하기 위하여 찾은 곳이 이 절이라니. 더군다나 먼 곳에서조차도 본 일이 없는 시어머니가 이혼

후 계시던 절로 오다니. 무슨 이끌림이었을까? 생각은 끝도 없이 훨훨 날았다. 푸른 바다를 바라보며 아들이 배를 타고 월남을 향해 떠나가는 모습을 그리며 울었을 어머니……

남편은 자기 아버지를 오랫동안 증오해 왔다. 어머니 아버지는 결혼 후 약 10년간은 J시에서 잉꼬부부로 소문났었다. 어머니는 교사 출신이었고 아버지는 고위 공직자로서 탄탄한 가정을 꾸려 갔었다. 그렇다면 누가 먼저 가정에 돌을 던졌나? 아니 누가 먼저 파탄의 원인을 제공했는가? ……놀랍게도 그렇게도 가정적이었던 아버지 쪽에서였다. 어머니는 자주 결핵 때문에 병원에 입원하였었고 어머니가 없는 탓도 있었겠지만 자상한 성격 탓에 아버지는 아이들 양말 짝 하나라도 꼼꼼히 사다가 신겼다.

하나만 알던 사람이 또 다른 하나를 알게 되면 그 이전 것은 팽개쳐 버린다. 되돌아볼 여력 없이 빠져버리는 것이다. 이 점은 조혼을 한 사람에게서 두드러지게 나타나는 현상 같았다. 여럿의 장단점을 비교할 줄 안다면 하나를 전부 던져 버리면서까지 빠지지는 않는다. 그것은 사회성 이전에 성격 탓이 컸다. 그렇게 아버지는 또 다른 여인에게 혼을 빼앗긴 나머지 금실 좋던 자신의 부인과는 결국 이혼으로 치달았다.

아마 75세인 지금까지 두 번째 여자에게 끊어질 수 없는 연정을 품고 살고 있는지도 모른다. 그렇다고 각자의 가정을 파괴한 뒤 둘은 엉켜서 사는 것도 아니고 무슨 연유에서인지 결국 두 사람은 모두 각자 외롭게 노년을 보내고 있는 것이다. 혹 후회라도 하고 있는 것일까?

남편 성현은 자신의 대학 졸업식 때 운동장 한구석에 몸을 감추듯 서 계신 어머니를 발견하고 둘이서 빈 교실에 들어가 붙들고 울었다고 한다. 대학 3학년 때 아버지는 정식 이혼 수속을 마쳤다. 어머니가 졸업식장에 나타난 것을 보고 여길 왜 나타났느냐며 큰 소리로 화를 내던 아버지…… 그 섭섭함이 성현의 가슴 한구석에 28년이 흐른 지금까지 각인되어 있을지도 모를 일이었다.

자신을 배신한 남편을 증오하며 오직 두고 온 자식의 행복을 기원하면서 무릎에 못이 박히도록 부처님께 절을 올렸을 어머니…… 그녀는 과연 사랑했던 남편을 증오한다고 해서 잊고 살 수 있었을까?

묘진은 텅 빈 방에서 문득 허난설헌許蘭雪軒을 떠올렸다. 재주 많고 지혜로웠던 여인. 그녀에게 남편은 한량으로 장원급제보다는 기방 출입이나 하며 놀이 쪽에 치우친 의지 약한 선비였다. 난설헌의 동생 허 균은 성옹식소록에서 '세상에 문리는 모자라도 능히 글을 짓는 자가 있다. 나의 매부 김성립에게 경전, 역사를 읽도록 하면 제대로 혀도 놀리지 못한다. 그러나 과문科文은 아주 요점을 맞추어서 론論, 책策이 여러 번 등수에 들었다.'라며 지적하고 있다. 감성적 문학재능은 거의 없는 평범한 인물이라고 봐야 하지 않을까? 문제는 뛰어난 난설헌의 재주가 그녀를 불행하게 했다고 볼 수 있다. 과연 어떤 남편인들 그녀의 재주를 능가하리요? 이 점이 남편에게 열등의식을 심어주었고 기방에나 출입하면서 못난 여자를 옆에 앉힘으로써 우월감을 느끼지 않았을까 하는 생각을 묘진은 해본다. 난설헌의 여자로서의 운명적 아픔이 발끝에서부터 머리끝까지 전율되어 왔다.

이 몸이 지닌 황금 비녀는
시집 올 때 꾸미개로 꽂고 온 거죠
길 떠나는 오늘 임께 드리오니
천 리라 멀다 말고 그려주옵소서.

(오해인 역)

제비는 처마 비스듬히 짝지어 날고
지는 꽃은 요란하게 비단옷 위에 떨어지네

규방에선 기다리는 마음 아프기만 한데
풀은 푸르러도 강남에 가신 임은 돌아오지 않네.

(허경진 역)

　사랑하는 임을 기다리는 마음. 어떤 이는 허난설헌에 관한 논문에서 난설헌의 시를 통해 본 임의 정체는 뚜렷한 대상이 없다고 볼 수 있다고 주장했다. 즉 '헤세가 안개 속을 거닐었던 고독의 영상이나 디킨스의 열정적인 고독은 인간의 원초적 고독이다'라고 같은 맥락에서 설명하려 들었다.

　하지만 묘진은 내심 반기를 들었다. 뚜렷한 대상 없이는 애끓는 묘사가 나올 수 없다는 것을, 또한 헤세의 고독과 디킨스의 고독은 동질로서 인간의 원초적 고독으로 볼 수 있으나 난설헌의 작품 속의 고독은 분명한 대상이 있는 것이라고 그녀는 보았다. 못난 남편이라도 오직 사랑할 수 있는 대상은 남편뿐이었다. 그녀는 또한 선계仙界에 빠져 몽환적 시를 많이 썼는데 이는 괴로운 현실에서 위로받고자 꿈속에서 상상의 나래를 마음껏 펴본 것 아닐까. 망상일 수도 있다. 시공을 초월해서 무의식으로 통하는 자유 속의 꿈길이니까.

　다만 난설헌의 '한정일첩限情一疊'에서 나타난 시 한 구절에는 '인생의 운명을 타고남이여, 후하고 박함이 너무 하구나. 남들은 즐거움을 누리건만 이내 몸은 쓸쓸만 하구나.' 그 한 맺힌 운명에 대한 표현 한 마디가 묘진의 가슴을 흔들었다.

시어머니에게 인정받지 못하고 또 두 아이를 잃었으며 남편과도 주로 떨어져 살아왔다. 뱃속의 아이까지 유산되었고 스물일곱에 죽은 뒤 제사 모실 자식이 없었다. 더욱이 죽은 뒤 그녀의 무덤은 남편 옆에 묻히지 못하고 남편과 후처의 묘가 나란히 있고 좀 떨어진 곳에 혼자 외롭게 묻혀 있는 것이다. 한을 품고 돌아간 누이에 대한 아픔을 동생 허 균은 애절히 표현하였다.

묘진은 시어머니의 실패한 삶을 허난설헌의 삶에 비추어서 여자로서의 불행을 나열해 보았다. 하지만 현재 묘진의 가슴을 짓누르고 있는 것은 허난설헌의 생애도, 시어머니의 한(限)과 실패도 매듭짓는 단계에 서 있다는 것이 한스러운 것이다. 묘진 자신은 자식에게, 남편에게 친정 가족들에게 모두에게 상처를 준 위인이 되어버렸다는 결과가 가슴을 후벼 팠다.

아아 파도야 어쩌란 말이냐, 물은. 묘진이 창밖의 먼 수평선을 바라보면서 중얼거린 한탄이었다. 어느새 어둠이 창문에 비치는 여분의 빛살까지 삼켜 버렸다.

묘진의 남편 성현은 고행 쪽보다는 즐기는 쪽을, 일보다는 노는 쪽을 선택하는 사람이었다. 술을 절제하지 못하고 대책 없이 마셔대는 사람. 이튿날 몸을 가누지 못하고 직장도 못 나가는 것은 다반사가 되어버렸다. 딸아이의 학용품 값도 못 주면서 자정이 넘어서 택시 할증료로 다 써버리는 계산 없는 사람이었다. 돈 생기면 유흥비로 우선 쓰고 보고 뒷감당은 아내에게 알아서 하라는 식의 습성이 있었다.

현실적이며 완벽을 추구하는 묘진과 맞을 리 없었다. 처음에는 실수였거니 하고 몇 년을 그렇게 넘겼었다. 그나마 사업이라고 해본다고 했을 때 갖은 적금과 보험을 모두 해약하여 대주었는데 자기 하고 싶은 대로하는 비현실적인 사람을 애초에 기대했던 것이 우스운 꼴이 되어버렸다. 집 팔고 전세도 더 낮게, 낮게 가다 보니 저 구석에서도 사람이 사나 할 정도가 되었는데도 그의 술 좋아하며 노는 습성은 고쳐지지 않았다.

거기에 선배, 후배가 힘들게 마련해준 직장도 한 달이면 서너 번씩 과음으로 이튿날 일어나지 못해 결근을 하니 붙어 있을 리 없었다. 성실하지 못함은 언제부터 왜 몸에 배기 시작하는 것일까? 묘진의 팔뚝에 소름이 오소소 돋았다.

능력 있는 사람도 구조조정에 밀려 이유 없이 떨어져 나와 생존경쟁의 치열한 대열에 끼여 부대끼고 사는데 이 경제 난국 시대에 공무원 신분이었기에 그나마 연명해온 세월이었다고 해도 과언이 아니었다. 어머니가 가르쳐야 할 부분과 아버지가 가르쳐야 할 가정교육이 따로 있다면 남편 성현은 어머니 없는 결손가정에서 자란 탓으로 돌려 야 할까. 그러나 그도 말이 안 된다. 왜냐하면 가정 파탄은 성현의 나이 22세로 대학 3학년 때였으니까 다 자란 뒤였 기 때문이다. 다만 부모의 부부간 싸움이 자신의 중학교 사춘기 때부터 시작되었다니 오랫동안 정서불안에 시달 렸다고 봐야 할 것이었다.

문제는 그의 됨됨이에 달려있는 것이다. 성현이 자신의 모든 실책과 잘못은 전부 주위 사람 탓으로 돌리며 전혀 반성이 없다는 데 있었다. 자신의 잘못을 인정하는 사람 같으면 반드시 시정할 수 있는 가능성이 있는데 말로만 반성하겠다고 해놓고 진실성이 없는 언행은 실천에 옮기 지 못하였다. 늘 상 같은 실책 되풀이였다. 묘진은 한 푼이 라도 벌려고 과외지도를 하며 이 집, 저 집, 이 동네, 저 동네로 뛰고 있는데 아내가 버니까 하고 믿고 사는 그의 태도에 질려 버린 것이다. 뒤집어 놓고 봐도 바로 놓고 봐도 구제할 길이 없는 것에 실망하여 묘진은 종지부를 찍고 말았다.

저녁 예불을 알리는 종소리가 들려왔다. 그를 넉넉히 안아줄 가슴이 있다면 이렇게 범종소리를 들으며 낯선 곳의 암자에 누워있지 않았으리라. 한계를 넘어서 포기하는 쪽이, 아니 버릴 수밖에 없다면 버려야지 도리가 없다는 것이 묘진의 주관이었다. 그러나 가능한 증오는 하고 싶지 않았다. 아니 증오하고픈 마음도 일지 않았다. 왜냐하면 증오도 사랑에서 나오는 것이니까. 몸과 마음이 지쳤을 뿐이다.

결국 실직했어도 무엇에건 열심히 가정을 이끌기 위해 노력하는 자세만 보여주었어도, 노력해도 안 되는 그를 가엾어하며 끌어안을 수 있었으리라. 그의 달력에는 걱정거리 없이 먹고 노는 만남의 약속만 기록되어 있다. 경제적 무능을 세상 탓으로만 돌리고 힘들여 할 수 있는 것도 '아내가 알아서 하겠지' 하는 식으로 살고 있는 그가 싫은 것이다. 몸서리나게. 그것도 실직됐을 때 마다였다. 한두 번이 아닌 그의 태도에 묘진은 절망했고 또한 성질마저 고약해서 부드러운 의사소통은 되지도 않았다. 자신의 자존심과 남편으로서의 위신은 큰소리로 가족들에게 윽박질러대는 것으로 대치하는 미련한 방법을 쓰고 있었다.

아내에 대한 열등의식으로 인해 아내의 조언은 들은 체도 안하고 결국 길이 아닌 길로 가다가 손해를 보고 상처를 입고서야 아내 말이 맞구나 하고 돌아서는 식의 삶을 살았다. 그런 식으로 늘 퇴보하는 삶의 연속이었고 지혜로운 사람 같으면 두 번 다시 시행착오를 하지 않으려 할 터인데 늘 같은 식의 실수로 점점 가계를 어렵고 고통스럽게 만들었다.

그러나 그는 가정의 소중함만은 알고 있었다. 절대로 묘진을 놓아주지 않으려 발버둥 쳤다. 그의 순수함까지도 묘진으로서는 내가 이용가치가 있어서 저렇겠거니, 혼자 살다가는 거지가 될 것 같으니까 저렇겠거니 하고 고약하게 해석이 되었다. 결정적으로 묘진을 뛰쳐나오게 만든 것은 세 달 전의 일이었다.

묘진과 친한 친구인 세영과 남편 성현이 저녁식사를 하게 되었다. 웨이브 있는 머리를 길게 늘어뜨려 나이 먹어도 꼭 아가씨 같은 분위기를 풍기면서 정적이고 분위기 있는 세영에게 성현은 상당한 호감을 가졌다. 말하지 않아도 조금 들떠있는 성현의 태도와 그의 눈빛에서 이성인 세영에 대해 끌리는 감정을 읽을 수 있었다.

묘한 기분을 감추고 며칠 지났는데 세영에게서 전화가 왔다. 마침 세영의 직장이 시청 앞이었고 성현의 직장도 그 근방이었다. 남편은 세영에게 전화를 걸었단다. 두 사람은 점심식사를 같이하며 성현은 자신을 만난 일을 집사람에게는 말하지 말아달란 소리를 했다고 세영은 전했다. 세영은 무슨 오해를 받을까 싶어서 묘진에게 전화를 했고 묘진은 요새 우리 남편과 냉전이기 때문에 네게 호소라도 하려고 했나 보다고 변명을 해댔다. 세영은 '그랬구나, 잘 좀 위로해 줘라' 하며 웃었다. 둘의 우정에는 전혀 변함이 없었다.

9시 뉴스를 켜놓은 채 시선은 TV에 꽂혀 있지만 묘진은 착잡했다. 타고난 바람기. 자기 아버지를 증오하며 살아오면서 자신의 행동도 닮아가는 아이러니. 전혀 아버지와 나는 다르다고 하는 식의 해석……. 묘진은 거기에서 문제점을 느꼈다. 진수성찬이라도 늘 먹다 보면 때론 비빔밥도 먹고 싶을 것이요, 짜장면도 먹고 싶겠지. 특히 변화무쌍함을 즐기며 새로움을 찾는 성현으로서는 더욱 그러하겠지. 중년쯤 되어 술집 여자와 바람 한 번쯤 피워 보는 것은 길가다 소변 한 번 보는 정도로 이튿날 상대가 누구인지 기억도 안 될 테니 그런 것쯤은 묘진도 눈감아 줄 수 있었다.

그러나 좀체로 그 일은 기억에서 지워지지 않았다. 아마 친구인 그녀가 이혼녀라는 점에서 쉽게 접근할 수 있었을까? 그러나 다른 사람이라면 몰라도 아내와 가장 친한 친구가 아닌가? 늙어서 구박받고 사는 영감들 중에는 젊은 시절에 어떠한 고통을 주었어도, 즉 놀음으로 인한 가사 탕진, 술로 인한 패가망신, 살인죄로 감옥살이 한 죄, 두들겨 패서 만든 상처 등등 많은 과오를 저질렀어도 결국 늙으면 다 용서로서 받아들여지는데 젊어서 바람피워 상처를 주었던 영감들은 끝내 아내에게 대우를 못 받고 살고 있는 것이다. 할망구가 된 아내의 눈치나 보며 쓸모없어진 영감이 되어 신세 한탄하면서도 결국 붙어살고 있는 예를 묘진은 주위에서 얼마든지 보아왔다.

모든 것 자업자득이지 하며 흘려보냈는데 남의 말일 때이지 용서하기란 쉽지 않았다. 자신도 결국 상처 준 영감을 받아들이지 못하고 '저놈의 영감태기 뒈지지도 않아' 하며 욕을 퍼부어 대는 할망구가 될 것임이 분명했다.

그러나 난설헌은 자신의 현실적 삶을 포기하며 영혼에서 자각하여 이것을 의식으로 끌어올려 작품으로 표출하였다. 인생의 운명을 타고남이여 후하고 박함이 너무 하구나 이 시 한 구절은 그녀가 인생을 보는, 체험이 스민 평가였다. 읽을수록 가슴 저려오는 표현이었다.

시아버지가 전근을 간 D시에서 같은 직장동료의 집에 하숙을 하며 동료의 아내에게 매료되어 버린 아버지. 애교 넘치는 상냥함과 그녀의 미모에 아버진 폭 빠져들었다. 이 사실을 눈치 챈 시어머니는 아버지 생일날 그 집에 갔다가 눈물만 흘리고 돌아왔다. 모든 것이 원점으로 돌아가기에는 역부족이란 것을 깨달았다. 이미 그들은 서로에게 깊이 빠져 있었다. 차라리 상대가 모르는 여자라면 재결합할 가능성이라도 있었을 텐데, 아내끼리도 아는 친구 사이요 남편끼리도 직장동료지만 친구 이상이었다. 그것이 결국 돌이킬 수 없는 요소가 되어버렸다.

물론 상대편의 남편도 똑같은 심리였을 것이다. 아내가 차라리 모르는 사람과 정분이 났어도 그렇게까지는 분노하지 않았을지도 모를 일이었다. 그들 두 가족은 그대로 운명처럼 이혼 수속을 밟았다.

아버지를 증오하며 가정파탄에 영향을 미친 아버지의

정부에 대해 증오의 화살을 보내면서 청년기를 보낸 성현 자신이 중년이 되어 똑같은 전철을 밟고 있다니. 아버지와 그 정부의 집에도 똑같이 남매로서, 두 집 아이들도 어려서 한동네에 살 때는 형, 언니, 동생 하며 친하게 지내왔었다.

성현의 불순한 생각이 친구의 공개로 일찍 들켜버려 막을 수 있었지만 그렇게 할 수 있었다는 성현의 행동이 끝내 묘진을 분노에 빠뜨렸다. 잊고 싶을수록 잊혀지기는커녕 굽어 있는 노송이 허리를 펼 줄 모르듯 갈수록 굳어만 갈 뿐이었다. 어쩌다의 실수가 아니잖은가. 계획된 표현이었다. 친구에게는 차마 알릴 수도 없는 수치감이었다.

묘진은 툇돌 위에 신을 신고 법당에 들어섰다. 부처님은 늘 같은 자세로 잔잔히 미소를 머금고 계시지만 보는 이의 시시각각에 따라 미소도 되었다가 분노의 위엄도 지었다가 조는 눈도 되었다가 온갖 평화를 안겨다 주는 표정도 되었다. 묘진은 문득 인간사 모든 것은 마음먹기에 달렸구나 하고 부처님을 보니 뒤늦게 철난 아이처럼 새삼스럽게 처음 보는 부처님이 되어 있었다. 결국 파혼 후 절에서 공양주 노릇이나 하다가 흔적도 없이 사라진 시어머니처럼 자신도 어느 날 흔적도 없이 사라지게 되는 것 아닌가 하다 흠칫 몸을 떨었다.

세상에 왜 '용서'라는 말은 생겼으며 그 말과 싸워서 지는 패배자에게 또 다른 방법으로 대체할 수 있는 단어는 만들어지지 않았을까? 복수? 분노? 번뇌? 기도? 인내? 행복? 상처? 죽음? ……등등 수없이 떠올려 보지만 '용서'라는 말이 갖고 있는 포용력이 원체 커서 어떤 언어로도 씨름선수처럼 쓰러트릴 수 없는 것이 안타까웠다. 생각을 여러 번 고쳐먹어도 결론은 결코 그럴 수 없다는 쪽으로 기울었다. 그것은 생각할수록 어려웠고 아니, 그건 불가능하지 않을까? 자신이 이렇게 한 시도 잊지 못하고 분노에 떠는 것도 겉으로는 증오도 사랑이니까 하지 않겠다고 하지만 결국 사랑 때문이란 것을 솔직히 부정할 수는 없었다.

포기만이 평화를 가져올 수 있는데 그 포기도 역시 어려웠다. 어려운 만큼 애증이 서려 있었다. 더러운 세상, 더러운 인간사, 유행가 가사처럼 정 때문이라더니. 고교동창 친구 하나가 유행가 가사가 가슴에 와 닿을 때 농익은 인생이라더니 누군가 자신을 설익은 인생이라고 비웃지 않을까? 용서가 훌륭한 뜻이 있는 언어인 줄 알지만 묘진은 자신처럼 속인에게는 부처님의 가르침도, 예수님의 가르침도 위선 같기만 하다. 그들도 그토록 어려운 처지에 놓여 있어 봤을까. 시어머니는 과연 남편을 용서하시고 떠나셨을까. 지금 살아 계시다면 내게 어떤 지침을 내리셨을까? 시아버지는 지금쯤 자신의 실패한 인생을 후회하고 계실까…….

자기 자신이 일생을 통해 진정으로 사랑했던 사람은 누구였을까. 묘진은 가끔 천장을 보고 누워서 필름을 거꾸로 돌려볼 때가 있다. 어떤 이는 한 번의 사랑에 하나밖에 없는 목숨을 걸고 사랑을 승화시키고 있다. 현대의 대부분 젊은이들은 인스턴트식 사랑을 많이 하고 있는데 만나서 즐기고 헤어지면 깨끗이 잊는 식이다. 현실적 계산이 서 있는 만남. 이걸 어찌 사랑이라고 표현할 수 있을까. 만나지 않더라도 영원히 가슴 한구석에 묻어둔 채 살아가는 추억 속의 사랑도 있다. 그것 역시 세월이 가면 퇴색되고 현실의 작은사랑만 못한 것이다. 공상에 끌려다니던 묘진은 문득 머릿속을 치고 가는 번개를 보았다.

묘진은 가끔 그 남자가 자살할 것 같다는 예감에 사로잡혔었다. 저대로 그쯤 살고, 병들어 졸던 닭이 아주 늘어져 어느 날 죽어있는 것처럼 그 남자가 반드시 죽어있을 것 같은 상상을 하고는 했다. 아니 했다기보다 저절로 그런 장면이 눈앞에 펼쳐졌다.

그는 모든 기가 다 빠져버린 사람처럼 어두웠고 전혀 생기가 없는 표정으로 다녔다. 도무지 희망 없는 표정으로 좀체 욕심이란 것도 부릴 줄 모르는 사람 같았다. 묘진은 궁금증이 일었다. 무엇이 저 사람을 저렇게 만들었을까? 분명히 이유가 있을 텐데……. 묘진은 매일 저녁시간에 컴퓨터 학원을 다녔다. 퇴근 이후의 시간대여서인가, 수강생들이 강의실 절반 이상을 메웠다.

그러던 어느 비 오는 날. 4층에서 받는 컴퓨터 교육을 끝내고 1층 현관으로 내려오니 굵은 줄기의 소나기가 바람에 실려 현관 쪽으로 몰아치고 있었다. 어쩌나 하고 멈칫거리며 주위를 살펴보는데 그 사람이 거기 한켠 구석에서 비를 보고 서 있었다. 그는 교실에서 언제나 맨 끝줄 왼쪽 끝의 벽 쪽에 앉아 강의를 듣고는 소리 없이 사라지는 사람이었다. 새롭게 당황하는 기색도 없이 덤덤하고 맥없는 모습은 그때도 똑같았다. 묘진은 그것이 무얼까, 한번 두드려 보고 싶어졌다.

"정 선생님, 언제 내려오셨어요?"

그가 묘진을 돌아본다. 아, 하며 입술을 조금 움직였던가.

"아무래도 금방 그칠 것 같지 않아요."

묘진은 가방에서 그 날 보았던 신문을 꺼내 절반을 그에게 주고 자신도 그걸로 머리만 가렸다. 그는 주춤주춤 따라나섰다. 학원 앞거리에는 제과점, 호프집, 치킨집, 커피숍이 늘어섰는데 유리 벽 안의 사람들은 비 오는 것과 아무 상관 없다는 듯 아니 비 오는 줄도 모르는 듯 즐거운 표정으로 휘황한 불빛 아래에 앉아 있음이 보였다.

묘진은 지하철과 가장 가까운 커피숍으로 들어갔다.

'정 선생님 제가 차 한잔 사 드릴게요.'라는 말과 함께. 잠시 그의 표정이 흔들리는 듯 하더니 따라 들어왔다. 실내에 들어오자 팔뚝과 옷 위에 체온으로 인한 김이 모락모락 피어올랐다.

따끈한 원두커피가 테이블에 놓였다. 묘진은 두 아이의 어머니이고 주부이며 이제 서야 컴맹 탈출을 하게 되었다고 너스레를 떨었다. 아이들이 엄마를 컴맹이라고 컴퓨터를 건드리지도 못하게 해서 오기가 났다는 묘진의 말을 그는 주로 듣고만 있을 뿐 별말이 없었다.

그러나 그의 표정 어딘가에 자주 감정의 변화가 일 듯 많은 말을 하고 있는 것 같은 착각이 들고는 하였다. '저

증상은 실어증 초기인가?' 묘진은 의심스러운 시선을 그에게 줄곧 보냈다.

빗발이 커피숍 유리문을 약하게 때릴 때 그들은 일어섰는데 그가 먼저 카운터에 가서 찻값을 지불 하는 것이었다. 묘진은 그만 당황하여 안 된다고 말렸으나 이미 늦어 있었다. 미안해서 다음을 약속하고 헤어졌다. 일주일쯤 후에 강의 끝난 후 그들은 다시 같이 전철역 쪽으로 걷게 되었는데 마침 저녁식사를 하지 못하고 교육에 임했던 터라 묘진은 물었다.

"선생님, 부대찌개 어때요?"

묘진이 물었다.

"아, 좋죠!"

그의 대답과 동시에 그들은 부대찌개를 하는 음식점으로 들어섰다.

그때 묘진은 그의 부인이 집을 나가버렸고 아이들은 할머니 댁에 5개월째 맡겨진 상태라는 걸 알았다. 그는 실어증은 아니었다. 조심스러운 면이 많았다. 많이 먹으라며 햄과 고기들을 묘진 쪽으로 몰아주고 자상히 상대방을 배려할 줄도 알았다. 어찌 보면 머리 회전도 빠르게 돌아가고 있었다. 그 연세에 왜 컴퓨터를 배우게 됐느냐는 묘진의 질문에 어떤 굴레 속에 자신을 집어넣으면 자연히 체제에 임하게 되고 또 컴퓨터는 집중하지 않으면 안 되기 때문에 우울증이 오지 못하도록 하는데 안성맞춤이라고도 했다. 묘진이 컴맹 탈출도 탈출이지만 채팅 좀 하고 싶어 인터넷에 더 관심이 많다고 했더니 그는 제법 큰 소리로 웃었다.

어떤 날은 같이 2호선을 타고 같은 방향으로 돌아가다가 묘진이 내리면 그는 계속 타고 돌아서 집으로 가고는 했다. 그쯤에서 묘진은 그가 자살하지 않을 수도 있다는 가능성을 보았다. 아니 어쩌면 처음부터 묘진 혼자만의 진단이요, 치료였는지도 모른다.

컴퓨터 숙제를 학원에서 다 해버리고 가는 날도 있었는데 묘진이 늦어질 때는 그가 옆자리에 와서 도와주었고 또 그가 늦어질 때는 묘진이 가서 같이 도움을 주었다. 그러나 묘진은 그를 한 번도 남자, 이성, 이런 단어로 보지 않았다. 그저 사람, 학우, 동료, 그 정도의 감정만 앞세우고 있었다. 그 사람도 역시 젊지도 않은 사십 후반의 묘진을 여자로 보겠는가. 사람으로만 보일 것이라고 생각하였다. 그 점이 그들 사이를 더욱 자연스럽게 해주었다.

그가 어떤 날 교육원을 나오며 그 날이 자기 생일이라

고 하기에 묘진은 문득 아무도 축하해 주지 않는 그의 집에 가서 미역국을 끓여주고 싶다는 충동을 느꼈을 뿐이었다. 그뿐이었다. 포도를 좋아한다는 묘진의 말을 잊지 않았는지 어느 날 전철역 앞의 과일상회에서 검고 잘 익은 포도를 듬뿍 한 봉투 사서 부득이 묘진의 손에 들려주는 것이었다. 아이들과 같이 먹으라며. 그는 그즈음 자주 웃었는데 별로 우스운 이야기도 아닌데 잘 웃는 그의 모습에서 원래의 선량한 그의 바탕이 어렵지 않게 상상되었다.

묘진은 그가 남편 성현과는 달리 이야기를 신중하게 들어줄 줄 알며 자상하고 무척 인격적인 데가 있음을 느꼈다. 그때 잠시 의지하고픈 사람으로 다가왔다. 전철을 같이 타고 가다가 대화에 빠져 내릴 때를 잊어서 묘진까지 한 바퀴 돌았었는데 그때의 그의 눈에는 싫지 않은 빛과 묘진에게 주는 봄빛의 따사로움이 머물렀다. 세심하게 신경 써주는 그의 배려가 고맙고 차가웠던 구들장이 더워지면서 등을 따뜻이 해주듯이 그의 푸근함이 따뜻했었다.

그러나 더 이상 발전할 수 없다는 한계를 서로 잘 알고 있는 그들은 종강하는 날까지 동료로서 바라볼 뿐이었다. 아니 종강하는 날까지는 일주일 정도 남아 있었으나 짐짓 무심을 가장하였다. 종강하는 날 묘진은 학원을 나가지 않았다. 남편은 끝까지 나가지 않고 농땡이 친다며 그날 따라 학원 근처에서 묘진을 기다렸다고 했다. 묘진은 소리 없이 웃어넘겼다. 학원에 갈 시간이 되면 그녀는 거울에 서서 자신의 모습을 한 번 더 보았듯이 그렇게 거울 속의 자신을 오래도록 바라보았다. 거울은 앞모습만 비춰줄 뿐, 뒷모습은 보여주지 못했다. 왜 당당하지 못한 것일까…… . 무엇을 꺼리고 있는가…… . 남편을 증오하면서 자신의 뒷모습을 보지 못한 채, 용서를 빌고 싶었을까? 상대방을 용서해야 자신도 용서 받을 수 있지 않은가.

그것으로 그와의 만남은 끝이 되어버렸다.

아마 상대가 그 사람이 아닌 자신의 남편이었다면 사랑한다는 고백과 함께 끝나는 날까지 가깝게 지내려고 집까지 데려다주겠다고 했을지도 모른다. 그의 인격과 다른 점이 바로 여기에 있는 것이다. 묘진은 젊은 시절부터 그런 인품 있는 사람들을 흠모해왔다. 이미 잊어버린 2년 전의 일이었다.

결혼하여 지금까지 성현의 알 수 없는 행동들을 묘진은 하나하나 엉킨 실타래를 풀듯이 풀어보지만 가장 상식적인 사람이 가장 엉뚱한 행동들을 질서 없이 할 때는 그만 풀리지 않는 실타래를 던져 버리듯 버리고 만다.

전쟁터에서 너무 이른 나이에 인간이 동물 같은 죽음으로 가는 모습을 여과 없이 보아왔고 그러므로 너무 일찍 인생의 허무를 알았고 그래서 황폐해진 것이라고 해석해야 할까? 아침에 전쟁터로 떠나며 서로를 격려해주고 떠난 동료가 저녁에 회식 자리에서 보면 서너 명씩 보이지 않는다고 했다. 너를 죽이지 않으면 내가 살아남을 수 없는 전쟁터에서 총알, 수류탄 등에 맞아 어느 순간, 말없이 하늘나라로 간 것이다. 동물 중 최고의 지능을 갖은 인간은 서로를 죽이려고 무기를 만들어 내었고 그들의 욕심에 쓰였다. 승리를 위한 공포의 생활에서 그는 어쩌면 모든 욕심을 버렸는지도 모른다.

"남들은 월남 가면 집을 몇 채씩 살 돈을 벌어 왔다는데 당신은 뭐했어요? 아무리 총각 때라지만 장교로 갔으면서."

"이 사람아, 전쟁터에서 돈을 생각해? 돈에 욕심이 있었으면 벌써 벌었어."

"아니 그러면 돈 못 벌어 주는 남편이라고 무시한다면서 욕심이 없다니요?"

그의 말은 늘 이렇듯 논리에 맞지 않았다. 허무주의. 한

없는 벌판을 끝도 없이 혼자 가면서 술에서 위로받으며 비틀거리고 헤매는, 자신도 치유하지 못하는 절망감. 해마다 현충일이면 소주 한 병들고 국군묘지에 가서 눈이 붓도록 울고 오는 남편 성현.

어쩌면 성현의 절망감은 학원 동료였던 '정 선생'의 절망감보다 더 깊고 치유 불능이었는지 모른다. 정 선생이 잠시 우울에 빠진 상태였다면 성현의 우울은 인생 끝날 때까지 갖고 갈 허무였는지도 모른다. 아니 그것을 다스릴 능력이 없어서 도덕성조차 우습게 보이는 인격으로 전락했을까.

그렇다면 이렇게 집을 나온 자신은 그의 상처에 더욱 부채질한 결과가 되지 않았을까? 그러나 묘진에게는 이해할 수 있는 도량도 한계에 다다른 것이었다.

언젠가 들은 이야기로 남편과 친한 친구가 성현과 함께 술을 마시고 목욕을 같이 했는데 성현이 목욕탕에서 깨진 유리병 조각으로 술에 취한 채 자신의 몸을 긋더라고 했었다. 자학이었다. 그의 몸에는 빼내지 못하는 파편 조각이 두세 군데 박혀있었는데 신장에 하나라는 것 외에는 어디인지조차 묘진도 모른다. 언젠가 벗은 몸으로 곁에서 자며 '당신은 내 몸속의 파편이 어디를 뚫고 들어갔는지

조차도 몰라' 이 말만 기억될 뿐이었다. 알고 싶지도 않았다. 성현은 채워도, 채워도 채워지지 않는 자신의 가슴 안에 진정으로 사랑받고픈 사람을 담고 싶어 오랫동안 갈증하며 살아온 건 아니었을까?

꿈이 있는 사람과 꿈이 없는 사람 사이에서 그는 꿈이 있는 사람 쪽에 서고 싶어 하는 몸짓이었을까…… 그러나 정 선생과의 만나고 헤어짐 뒤에 그의 우울증이 재발되면 어쩌나 하는 걱정을 해보았을지언정 남편의 깊은 가슴 밑바닥은 헤아리는 것조차 거부했었다. 인간이 인간을 구제해야 한다는 것을 잘 알면서도 사람으로서의 한계였는지, 묘진 자신의 한계였는지 몸서리만 칠뿐이었다. 끝내 용서와 싸워서 이길 수 있는 단어는 사랑뿐이란 것을 묘진은 애써 외면하고 싶은 것이 아닌지…… '용서하라'와 '사랑하라', 무엇이 다른가.

묘진은 문득 짐을 쌌다. 가방에서 풀어놨던 책과 노트와 흐트러진 칫솔과 볼펜과 옷가지를

차곡차곡 챙겨 넣었다. 암자를 나섰다. 어둠이 스며들고 있는 절마당을 가로질러서 걸음을 떼었다. 늙은 소나무를 뒤로하고 가고 있는 자신이 문득, 처량하게 느껴졌

다. 대웅전에서는 죽은 이의 영혼을 위한 예불을 마친 신도들이 줄줄이 툇돌 위의 신발들을 찾아 신고 있었다. 그 어느 누구도 자신의 편일 수 없으며 위로가 될 수 없다는 깨달음이 그녀를 절 밖으로 밀어내었다.

바닷가 쪽에서 두둥실 보름달이 떠오르며 구름 속으로 가고 있었다. 노송은 어디로 가느냐고 묻지도 않았으며 잘 가라고 귀띔도 하지 않았다. 그저 늙은 소나무로 남해를 바라보며 그 자리를 지키고 있을 뿐이었다. 바닷물은 모두를 품어 안고 한곳으로만 흐르는데 바다를 바라보고 서 있는 등 굽은 노송은 바다의 넉넉함을 그대로 닮아가고 있었다. 모두를 품는 넉넉한 가슴은 사랑이었을까.

* 참고논문 : 허난설헌론/김명희 (許蘭雪軒論/金明姬)

윤 정 옥
소 설 집

고양이의 속삭임

고양이의 속삭임

며칠째 계속 똑같은 고양이가 안방 창문 밖에서 울고 있다.

오늘도 미숙은 습관처럼 남편을 출근시키고 딸아이를 유치원에 보낸 뒤 창문을 활짝 열고 총채로 먼지를 털어낸다. 방바닥과 베란다가 수평이어야 하는데 반지하라서 방바닥이 훨씬 더 깊고 창문이 지상 베란다 바닥보다 몇 뼘 위라서 흙먼지가 지상층보다 더 많이 들어온다.

열어놓은 창문 앞에서 어느새 고양이가 또렷한 눈으로 방안을 들여다보고 있다. 미숙은 고양이 눈과 마주치자 흠칫 놀라 총채를 떨어뜨리고 창문을 부서져라 닫아버린다. 요새 와서 더욱 고양이 출연이 심해졌다.

장마철이라 비가 자주 오는 탓인가 보았다. 옆집 처마 밑 콘크리트 담 위에 앉아 숨죽인 채 비를 피하고 있는 고양이를 자주 볼 수 있다. 누런색과 흰 줄이 쳐진 무늬의 늙은 고양이다. 치켜 찢어진 눈에 볼록렌즈의 폭을 좁혀 놓은 것 같은 눈동자와 어느 때 보아도 차가운 표정.

영 정나미가 붙지 않을 것 같은 영물인 고양이. 버려진 고양이들이 주택가와 산에 기거하면서 골목골목을 누비고 다닌다. 버려진 개들도 마찬가지로 야생화되어 가고 있다고 방송과 신문에서는 문제점으로 지적하였다. 가끔 사람들을 해치기도 한다는데 문제가 심각한 모양이다.

더구나 미숙에게는 어려서 들은 이야기가 잊혀지지 않는다. 고양이는 원수를 갚는다는 말. 십 리 밖에 내다 버려도 용하게도 다시 찾아온다는 영특함. 서양에서도 고양이는 마녀의 화신이라 하지 않는가. 개는 이사를 가면 사람을 따라와도 고양이는 집터를 따른다는 이야기 등등. 그어떤 말에도 고양이에 대해 정이 붙는다는 소리는 듣기 어려웠다. 새끼는 어여쁜 맛이 좀 있는데 역시 강아지만큼 귀엽지는 않았다.

그런데 닷새 전부터는 늙은 고양이 대신 배에 검은 줄과 흰 줄을 친 새끼 고양이가 자주 미숙의 안방 창가에 앉아서 안을 들여다보며 울고는 했다. 주먹만 한 얼굴에 꼭 아기 울음소리 같은 소리를 내며 동그란 눈으로 미숙을 직시하면서 울어댔다.

사람이나 짐승이나 흉물이라도 어린것에는 여리고 약

한 맛이 있어서 귀엽고 보호해 주고픈 충동을 일게도 한다. 그러나 그 감정도 언뜻 스쳐 갔을 뿐이다. 아기 울음소리를 내면 속아서 저를 한번 돌아봐 줄줄 알고 하면서 미숙은 여전히 속 창문과 덧창문까지 닫아버린다. 그때마다 뭔지 모르는 불안과 체증 같은 갑갑함이 명치끝을 조여 오는 듯하다. 미숙은 냉장고 문을 열고 냉수를 한 컵 따라 마신다. 차가운 물이 명치를 지나 내부 깊숙이 흘러 들어가면서 속이 좀 가라앉는 듯해진다.

대문 밖을 나가 보면 여기저기 꼭꼭 묶어 논 쓰레기 비닐봉투들이 군데군데 뜯어져 있고 길가로 터져 나온 음식물이 상해서 고약한 냄새가 코를 찔렀다. 사람이 지나가면 그 위에 앉았던 파리 떼가 놀라서 흩어지고는 한다. 고양인 쓰레기 주변을 맴돌다가도 사람 지나가는 인기척을 어찌 그리 예민하게 알아차리는지 날렵한 몸으로 골목에 주차 시켜 놓은 차 밑으로 몸을 숨겨 버리는 것이다.

가까이 다가가서 차 밑을 들여다보면 긴장한 채 눈을 동그랗게 뜨고 경계의 태세를 취하고 있다. 꼭 언젠가는 달려들 것만 같은 태세로 노려보며 시선을 먼저 피하는 법이 없다. 두세 마리의 새끼나 늙은 고양이가 다니는데 주로 미숙의 집 주변에는 누런 줄과 흰 줄이 쳐진 머리가 하얀색의 그 늙은 고양이다.

그 고양이는 베란다의 새시 문을 안 한 탓에 수시로 방 창문 앞에 앉아서 울어댄다. 배가 고파서 우는 것도 같고 처량한 신세를 눈물로 호소하는 것도 같다. 어떨 때는 측은한 생각도 든다. 누가 갖다 버려서 저렇게 비만 오면 처마 밑에서 쪼그리고 울고 있을까. 설 곳을 찾았다가도 촉각을 세우고 있다가 사람들 눈치를 보며 도망가고 먹을 것들을 찾으러 필사적으로 쓰레기 더미를 뒤지고 몸부림 하며 사는 것을 보면 무슨 업보로 고양이로 태어나 버려졌을까, 한심스럽기도 했다.

그런데 놀라운 것은 배에 검은 줄을 친 새끼 고양이와 간혹 장난을 치는데 그들은 어미와 제 새끼임엔 틀림없었다. 아마도 새끼의 먹이 때문에 어미는 더욱 극성스러워졌으리라. 소리 없이 뛰어넘는 담. 쓰레기 비닐봉투를 뜯어서 완벽하게 먹을 것만 살짝 발라먹고 어디론가 솜털보다 더 가볍게 사라지는 영물. 직시하는 그 시선은 소름이 돋을 만큼 강했다. 아니 밤 골목을 걸을 때 몰래 훔쳐 먹던 고양이는 시침 뚝 떼고 자기가 아닌 척 가버렸다. 그대로 모른 척하고 가버리다가 문득 돌아보면 저도 가다 말고 사람이 얼마큼 사라졌나 뒤를 돌아보고 있었다.

어떤 집에서는 뜰 안 나무에 걸어 놓은 새장 안의 새까지 물어뜯어 놓아 아침에 나가 보니 새가 피를 흘리며 죽어가고 있다고 했다. 들고양이의 그 수효가 점점 많아지고 야생화되어 간다면 머지않은 장래에 인간이 그들을 피해 다녀야 할 지경에 이르지 않을까?

미숙은 TV를 켠다. 흉악범 K의 수배를 알리는 아나운서의 멘트가 나오고 있다. 고아원에서 자란 K는 범죄 수법이 지능적이고 잔인하다는 것이다. 선한 사람도 악하게 다루면 악해지고 악한 사람도 선하게 다루면 선해진다는 어머니 말씀이 떠올랐다. 성격의 차이는 있겠지만 근본적으로 인간이나 동물이나 아기일 적에는 선량하다고 말씀하시면서 어머니는 성선설 쪽을 깊이 두둔하고 계셨다.

곰곰이 생각해보면 평상시에 온순한 사람이 화를 내면 더 무섭다는 말은 착한 사람일수록 화를 참고 인내하기에 스트레스를 더 많이 받고 스트레스를 많이 받는 만큼 더 거칠어질 것이다. 그것이 쌓여서 폭발하면 더 무섭다는 이야기인 것 같다.

늘 참지 못하고 남에게 자신의 화를 펄펄 내 퍼붓는 사람은 오히려 무섭지 않다는 말이 된다. 쌓여서 굳어질 것이 없으니까. 뒤집어 보면 남 보기에 화를 잘 내고 못돼먹은 사람일수록 본바탕이 착해 피해를 입는 상처가 더 커서 그 스트레스를 남에게 더 풀었다는 결론이 나오기도 한다.

미숙은 고양이와 눈을 마주친 날은 오만가지 공상에 넋을 팔다가 잠이 들었다. 그런 날은 이름도 지어 주지 못한 채 낳은 지 꼭 일주일 만에 보자기에 싸서 고아원 입구에 버린 아기가 꿈에 나타나는 것이다. 18세의 미혼모로 낳았던 핏덩이.

"엄마, 추워요, 배고파요."
"엄마, 날 버리고 가지 말아요."

도대체 그 나이 때 '엄마'라는 말을 들을 자격이라도 있었단 말인가? 작은 아기였다가, 어떨 때는 제법 큰 아이로 나타나고 또 어떨 때는 보에 싸인 아이를 안고 달래주다 보면 눈을 마주치는데 어느새 고양이의 눈빛이어서 섬뜩함에 애를 떨어트리며 놀라 깨어나곤 했다.

"당신 또 무서운 꿈 꿨어? 몸이 허하면 그래. 약 좀 해 먹어."

돌아누웠던 남편이 미숙의 등을 두들기며 꼬옥 끌어안

아 주는 것이었다. 그럴 땐 혹 남편이 그 꿈의 내용을 TV 들여다보듯 다 보고 '나는 이미 다 알고 있어' 하고 말하는 것도 같았다.

밤새 뒤치락대다가 아침이 되면 아무 일 없었던 듯 딸아이 간식을 싸 주느라 분주해진다. 조금 늦게 출근하는 남편의 식탁을 차리면서 늘 오던 평화로움이 찾아오면 그때 미숙은 깊은 안도의 숨을 쉰다. 그리고는 '절대로 몰라야 해, 이 평화스런 행복을 죽어도 깨뜨릴 순 없어' 새삼스레 다짐하는 것이다.

그러다 창가의 고양이 눈과 마주치면 미숙은 조용히 고양이의 속삭이는 소리를 듣는다.

"나는 다 알고 있어요. 왜 나를 버렸는지를."

고양이의 냉소하는 눈동자가 미숙의 가슴에 와 박히며 팔뚝에 오스스 소름이 돋는다. 등줄기에서도 식은땀이 배어나는 것이다.

'쥐약을 생선에 버무려 놓을까? 아니야, 아니야, 고양인 원수 갚는댔지.'

'차라리 새끼 고양이가 비를 맞지 않게 둥우리를 베란다에 놓아줄까? 밥공기도 앞에 놔주고. 아니야 그러면 도둑고양이를 기르는 것이 돼. 어미가 같이 따라와 있을 것이고 다른 데로 가지 않고 나중에는 창문 틈으로 들어올지도 몰라' 미숙은 중얼대었다.

그 날부터 미숙은 창문을 열고 털지 못하고 청소기로만 방바닥을 훑어 내었다.

미숙의 남편은 참으로 푸근한 사람이다. 월급을 봉투째 다 갖다 주고도 어디에 썼는데 벌써 다 없어졌느냐, 무슨 쓸데없는 그릇을 샀느냐는 등 일체 미숙이 하는 일에 간섭이 없었다. 그저 허허 웃고 하고 싶은 대로 다 하라며 미숙을 기둥처럼 믿고 있었다. 조실부모하고 홀로 외롭게 커서 늦게 장가들어 꾸민 가정이 그에게는 지상 낙원이었음엔 틀림없었다. 딸 하나뿐이라도 아들 타령은 미숙에게 상처를 줄까 봐 입밖에 내비친 적도 없었다. 남편과 결혼할 때, 미숙은 떠돌이처럼 부모 없이 혼자 커서 그 점이 못마땅하다는 친정어머니 말이 마음에 걸렸었다. 그런데 남편은 의외로 어른 아이 알아보고 예의범절까지 깍듯하였다. 그 모든 복이 미숙은 자신의 좋은 팔자 때문인 것으로 여겨져서 성공한 인생처럼 으쓱해졌다.

아아, 그런데 20년 전의 그 일은 왜 날이 갈수록 생생해지는 걸까? 남편과 아이를 아끼고 사랑할수록 더욱 예리하게 파고들며 괴롭히는 것일까. 어제 남편은 TV 밤 뉴스를 보며 분명히 말했다. K범인 수배 화면을 보며 격한 감정을 들어내었다.

"잘 생겼군, 도대체 기르지 못할 걸 왜 낳아 버리는 거야? 천대받고 자란 사람이 어떻게 인간 귀한 줄 알겠어? 당연한 살인이지. 저 아이도 사랑으로 귀하게 길렀어 봐. 범죄자가 되었겠나, 문제는 그 부모에게 있는 거야. 부모에게 죄의 값을 물어야 한다구."

맞는 말이었다. 미숙은 또 명치끝이 싸하게 아파 왔다. 거실 장식장에서 반쯤 남은 양주를 꺼냈다. 유리컵에 가득 부었다. 마시고 깊은 잠에 빠져들고 싶었다.

"유산시키기엔 너무 늦었습니다. 위험해요, 낳는 수밖에 없습니다."

산부인과 의사의 그 소리에 털썩 주저앉았던 어머니. 배를 복대로 칭칭 감고 밖으로 표시가 나지 않도록 헐렁한 블라우스로 감추었다. 성性의 무지였다. 직장에 나가시던 어머니는 밖으로 표시가 나지 않던 딸의 모습을 그나마 바빠서 아침과 밤에만 대하니 전혀 눈치를 채지 못했다. 그저 순결한 딸이거니 믿고만 살았다. 임신 7개월이란 소리와 낳아야만 한다는 소리는 미숙의 어머니를 실신

시키기에 충분했다.

정신을 차린 뒤 일을 수습해야 했는데 미숙을 그렇게 만든 사내는 이웃집 스물한 살짜리 총각으로 미숙이 오빠 오빠하며 잘 따르던 대학생이었다. 일을 저지르고 묘하게도 그 집은 어디론가 이사 가고 미숙에겐 임신 7개월이란 낙인만 찍힌 결과가 되었다. 그래도 딸의 불행을 원치 않았던 미숙의 어머니는 아이를 기를 집을 물색해 보았다. 아이를 낳았던 과거를 지닌 여자라면 시집보내기 어려울까봐 쉬쉬하며 열심히 찾아보았다.

한 달 여유를 갖고 뒤져보았으나 적당한 가정을 찾지 못했다. 집안 망신인 이 일을 빠른 시일 내에 비밀스럽게 처리하기 위해서는 낳아서 고아원에 갖다 주는 방법이 제일 낫다고 결론을 내리게 되었다. 정식으로 절차를 밟으려면 주소, 성명, 전화번호를 적어야 하고 그렇게 되면 미숙의 신분이 노출되기 때문에 아이를 감싸 고아원 문 입구에 놓아두고 오는 방법을 택할 수밖에 없었다.

미숙은 시골 변두리의 개인 산부인과였다고 기억한다. 커튼으로 가린 진찰대 위에 누워서 미숙은 의사가 나타날 때까지 대기하고 있었다. 아기와 자신의 진행 상태를 초

음파로 검사하기 위해서였다. 그런데 자꾸만 어디에서인가 부스럭거리는 소리가 신경을 건드렸다. 무슨 소리인가 둘러보았으나 작은 상자만이 침대 밑에 있었고 아무도 없는 진찰실이었다.

미숙은 상체를 일으켜 상자 각을 흔들어 보았다. 아무 소리도 나지 않았다. 다시 눕는데 또 바스락거리며 상자를 긁는 소리가 났다. 이번에는 상자 뚜껑을 열어 보았다. 5~6개월 정도에서 유산시킨 아이가 상자에서 피에 얼룩진 채 꼼틀거리고 있었다. 가슴이 서늘해지며 구역질이 났다. 벌써 죽었어야 할 태아가 질기게도 생명을 버텨 가고 있는 것이었다.

자신이 오기 전에 낙태 수술한 환자가 있었는데 임신 5개월 정도로 보이는 임산부였다. 유산시킬 수밖에 없었는지 그 전날 주사를 맞고 이튿날 배 속의 아기를 돌려 낳았다. 수술이 끝난 후 3시간이 지나도록 세상 밖에 나와서 상자 속에 버려진 태아는 계속 발버둥 쳐대고 있었다.

간호사가 커튼을 들치고 들어왔다. 간호사는 소독솜으로 미숙의 음부를 닦아낸 뒤 신경을 긁듯 긁어대는 상자를 발로 툭 걷어차서 침대 밑으로 깊숙이 밀어 버리는 것이었다. 부스럭거리는 소리에 시끄럽다고 발로 툭툭 걷어

차대는 인간의 그 잔혹한 이기에 온몸이 굳어지며 소름이 온몸에 돋아났다. 태아의 꼼지락대는 소리는 계속 들려왔다. 질긴 생명력이었다.

진찰 결과 미숙과 배 속의 아기는 건강했다. 미숙은 어떤 일이 있어도 상자 속의 아기는 만들지 말아야 한다고 다짐했다. 평생 애 하나만을 바라며 살 수는 없겠지만 자신과 아이를 받아 줄 남자를 만나면 될 것 같은 생각이 들었다. 10개월 동안 뱃속에 품었던 미숙의 아기는 산달이 다가오면서 활동이 심해졌다. 왼쪽 배를 툭툭 차며 극성스럽게 운동했고 그 신기함 때문에 문득문득 미숙은 일하던 손을 멈추었다. 목욕하려고 물속에 들어가면 용케도 아는지 조용히 아무 짓도 안 하고 가만히 있었다.

12시간의 진통 끝에 미숙은 남자아이를 정상 분만했고 아기는 이목구비가 뚜렷한 게 큼직큼직한 생김새가 한눈에 사내아이임을 알게 했다. 미숙은 본능적으로 아기에게 사랑이 쏟아졌다. 울어서 젖을 물리면 뚝 그치고 꼬물꼬물 빨아먹던 아기. 그 모습을 땅이 꺼져라 한숨 쉬며 바라보던 어머니.

때로는 울어서, 때로는 예뻐서 안고 어르고 있으면 참고 보다 못한 미숙 어머니는 버럭 소리를 질렀다. 기르면 안 되겠느냐고 넌지시 물었을 때였다.

"처녀가 애비 없는 자식을 낳은 것도 쉬쉬해야 할 판에 무엇이 어쩌고 어째 이 철딱서니 없는 것아" 미숙은 흠씬 두들겨 맞았다.

미숙의 어머니는 분풀이로 미숙을 꼬집고 쥐어뜯었다. 그 바람에 미숙은 주눅이 들고 눈치가 보여 아가에게 제대로 젖을 먹이지도 못했고 안아주지도 못했다. 그것도 일주일 동안 만이었다.

TV에 강도 살인 범죄가 나오며 수배범인 사진이 화면에 크게 비출 때는 미숙은 손바닥이 땀에 젖으며 혹시나 하고 예리한 시선으로 주시하게 되었다. 그러나 일주일 동안만 보았던 신생아였기에 얼굴은 알 길이 없었다. 20년 동안 그 기억도 점차 퇴색되어 갔다. 자라서 저렇게 총각이 되었을 텐데 범죄자가 되었을까? 해외로 입양이 되었을까? 혹 부잣집으로 가서 행복하게 자라고 있는 건 아닐까? 복잡해지는 생각을 미숙은 후자로 결론짓고 싶었다. 머릿속에서 그 아이가 떠오를 때마다 기도했다.

'하느님, 어딜 가나 불쌍한 그 아이를 돌봐 주세요. 만약 죽었다면 하느님 곁에 부르시어 사랑을 듬뿍 주시옵소서' 그렇게 빌 뿐이었다.

어제는 무슨 일인지 남편이 심각한 얼굴로 들어왔다. 아무리 밖에서 안 좋은 일이 있었어도 집에서는 표시를 안내는 사람이었는데 미숙은 괜스레 가슴이 조여 왔다. 신경이 여러 갈래로 날카로워지는데 여전히 새끼 고양이가 창가에 앉아서 아기 울음소리를 내고 있었다. 그 울음소리에 몸서리가 나서 욕실귀퉁이에 세워 논 빨랫방망이로 쳐 죽이고 싶다가도 불쌍한 생각이 들어서 미숙은 부엌 찬장에 남은 계란 부침을 으깨고 간장 조금 치고 밥을 비벼대어 조그만 공기에 담아 창밖에 놓아주었다. 배가 고팠었나 보다. 검은 줄의 새끼 고양이는 맛있게 한 알의 밥풀도 남기지 않고 싹싹 핥아먹은 뒤 주둥이를 혀로 핥으며 미숙을 바라보았다. 그리고는 만족감에 '응야옹' 하고 잘 먹었다는 소리를 잊지 않는다.

먹이를 구하러 돌아다니던 누런 줄의 어미 고양이는 뒤늦게 새끼에게 와서 빈 밥그릇을 핥아 보는 것이었다. 그리고는 더 달라는 시늉으로 창문 안을 들여다보았다. 그 눈은 고맙기는커녕 여전히 싸늘한 증오(?)의 눈빛이었다. 비루하게 살아온 날만큼의 무게가 증오로 덮여 있었다.

오늘은 소나기가 들통으로 쏟아붓는 것처럼 퍼부어 댄다. 실내가 어두워 보여서 거실 등을 켠다. '응— 야옹' 하

면서 새끼가 울음소리를 세 번 정도 내면 '으— 응야' 하며
어미가 낮게 대꾸해 준다. 그들만의 감정의 내통이 있는
것 같다. 그런데 가만히 들어보니 어미의 답변 소리엔 가
래 끓는 소리가 이어 나온다. 병이 들었나……?

소나기는 잿빛으로 몰려오면서 더욱 거세어졌고 새끼
울음소리는 애절하게 들린다. 불쌍하면서도 무서운 생각
에 미숙은 창문을 꼭 걸어 잠그고 커튼까지 쳐버린다. 밖
하고는 완전히 차단해 버린다. 제비가 아무 데나 집을 짓
지 않고 자신이 보호받을 곳에 가려 집을 짓는 것같이 저
고양이들은 여기가 저희들을 해치지 않을 것이라고 판단
되었나? 왜 유난히 우리 집 방문 앞에 와서 울어대는 걸
까……. 미숙은 고양이가 있는 쪽을 향해 눈을 흘긴다.

TV 리모컨 스위치를 누른다. 몇 년째 오리무중이던 탈
옥수 '신○○'의 수배 사진이 화면 가득히 나오면서 검거
소식이 전해지고 있다. 벽보에 붙여진 그의 사진 밑에는
현상금이 두 배나 올라서 5000만 원이 되어 있었다. 2년
넘도록 잡지 못하고 잡을 수 있는 좋은 기회를 놓친 경찰
들은 시민들의 비난을 받았고 인터넷에서는 '신○○이여
내게로 오라, 내가 당신을 돕겠다'라는 문구가 떠다녔다.
그를 돕기보다는 무능한 경찰을 꼬집는 언사였다. 이제

그 막을 내린 것이다. 두 팔이 묶인 그는 수배 사진보다 훨씬 더 매력적으로 보인다.

미숙은 관심 있게 범인을 보면서 '참 잘난 놈이구나' 중얼거린다. 잡히기 전 경찰은 범인이 자신의 구역에 들어올까 봐 신경을 돋우며 전전긍긍하고 있다고 전해졌을 때 미숙은 그들의 입장이 이해가 될 듯도 하였다. 그놈 하나 때문에 44명의 고위, 하위직을 막론한 경찰들이 보직이 해임되고 불명예 퇴직에 전보 발령이라니, 하루아침에 공직에서 물러나 영원히 실업자 신세가 된 퇴직 경찰 공무원들은 일평생 그의 이름을 곱씹으며 치를 떨 것임이 분명하잖은가?

버려진 아이들 대다수가 고아원에서 사랑에 굶주린 채 자랐고 감성이 굳어진 아이들은 호의를 제대로 받아들일 수 없을 만큼 비뚤어지고 폭력과 범죄를 일삼는다. '나는 한 번도 죄를 짓거나 남에게 못할 짓 하지 않았어!' 하는 말은 하지 않아도 되는 좋은 환경이 그를 그렇게 만든 것이지 결코 자신이 특별해서가 아니다.

아아 어쩌란 말인가……. 저런 비참한 인생을 살게 했다면……. 차라리 죽어버렸더라면……. 깨끗이 죽는 편이 더 낳았을 텐데…….

미숙은 우울한 얼굴로 계속해서 서울 경기 지역에 집중 호우 주의보를 알려주는 일기예보를 보다가 TV를 끈다.

"으─야옹."

TV소리에 감춰졌던 고양이 울음이 다시 들린다. 며칠 전 남편의 어두운 표정이 계속 가슴에 밟힌다.

어젯밤 잠자리에 들었을 때도 남편은 벽 쪽으로 돌아누웠다. 미숙은 슬쩍 남편의 등 쪽을 향해 누우며 그의 손을 찾았다. 꼬옥 마주 깍지 끼우던 그의 세심한 배려를 기대하며. 그런데 웬일인가, 2초도 안 되어 미숙의 손은 제자리로 돌아왔다. 그녀의 피부가 닿자마자 남편은 그대로 물리친 것이다. 여태껏 그런 일이 없었다. 무안스러워 얼른 반대쪽으로 돌아누웠지만 분명 예삿일은 아니라고 짐작되었다. 뭔가 고통스러운데 혼자 삭이고 있는 것 같았다. 혹시나 하는 두려움에 가슴이 뛰었다.

어둠 속에서 그렇게 30분쯤 지나면서 남편의 태도를 민감하게 살폈는데 여전히 무반응이었다. 울화증이 치밀어 더 이상 참을 수가 없었던 미숙은 일어나 전등 스위치를 눌렀다. 환하게 불이 들어오자 벽 쪽을 향해 누웠던 남편이 불빛에 이맛살을 찌푸렸다.

"왜 그래요? 당신? 내가 무슨 잘못이라도 했어요?"

미숙은 필사적으로 따지고 들었다. 잠자코 있던 남편이 입을 열었다.

"몰라두 돼."

"그렇게 무시해도 되는 거예요?"

"……불 꺼."

"못 꺼요, 한 마디만 해봐요."

크게 한숨을 쉬고 난 남편이

"나중에 얘기하지."

홑이불을 머리까지 뒤집어썼다. 미숙은 더 이상 말을 꺼낼 수도 없었다. 적막강산이었다. 가슴은 점점 더 죄어 왔다.

미숙은 여전히 소파에 앉아 크게 심호흡을 한다.

"으— 야옹."

새끼 고양이가 계속 애끓는 호소를 해온다.

'어쩌란 말이냐'

미숙은 분노가 치민다. 다시 한번 더 큰 울음소리가 들린다. 미숙은 창문을 깨 버릴 듯이 손바닥으로 크게 친다.

'한 마리의 작은 고양이 새끼가 감히 사람에게 헤어날 길 없는 괴로움을 주다니!'

느닷없는 창문의 폭음에 놀라 달아나는 고양이가 언뜻

검은 그림자로 담을 넘어가는 것이 커튼 사이로 보인다. 그도 잠시, 이번에는 어미 고양이의 소리가 들려온다. 미숙은 또 명치끝이 싸아― 하니 죄어 온다.

냉장고 냉동실에서 얼음을 꺼낸다. 찬 얼음을 몇 조각 내어 컵에 담는다. 양주를 삼분지 이 컵쯤 붓고 콜라로 나머지 부분을 채운다. 단숨에 들이켜니 달착지근한 맛이 쉽게 목구멍을 넘어간다. 쓴맛 때문에 오는 진저리도 쳐지지 않았다.

잠시 후 미숙은 조금 알딸딸한 기분이 되면서 갑자기 세상이 넓은 바다처럼 폭넓게 느껴진다.

'그래, 죽든 살든 행복해지든 불행해지든 네 운명이야.'

미숙은 얼음만 남은 컵을 탁자 위에 놓고 원피스 위에 얇은 카디건을 걸친다. 밖으로 나온다. 마침 화공약품 파는 곳이 미숙의 집에서 큰 한길 쪽으로 약 300m 떨어진 곳에 있어서 그리로 향한다. 가게 문은 반쯤 열려 있다. 평소 안면이 있던 가게 주인은 소파에 앉아 졸고 있다.

"아저씨―."

미숙은 가게 문 안으로 들어서며 부른다. 인기척에 민감하게 깨어난 주인은

"어서 오슈우."

반가운 표정을 짓는다. 그런데 미숙의 가슴은 살인 음모나 품고 있는 것처럼 두근대고 있다.

"시안화칼륨 있으면 조금 주세요."

"예? 청산가리요?"

"네."

"어디 쓰시게요?"

"저— 바퀴가 많은데 그것 조금 하고 감자 삶은 것, 밥풀을 섞어 주면 즉효래요."

"바퀴 약 좋은 것 많이 나왔는데요."

가게 주인은 고개를 갸웃하며 말한다. 미숙의 가슴은 또 공연히 뜨끔해진다.

"다 써봤는데 안 죽어요. 쬐끔만 파시면 돼요."

"모르는 분 같으면 못 팔아요. 주의하셔야 합니다. 치사량이 0.15g이에요."

"훨씬 조금 주셔도 돼요. 실험으로 한번 해보게요."

"예, 기다리세요."

가게 주인은 큰 의심 없이 벽 쪽 한구석의 은밀한 곳에서 겹겹이 포장한 것을 찾아 갖고 나온다. 미숙은 안도의 숨을 쉰다.

"여기 주소랑 주민등록번호 적어주시죠."

"아유, 안심하세요. 저의 집 다 아시면서."

"그래도 의무사항입니다."

"적어 드릴게요."

미숙은 자신 있게 이름이랑 주소랑 주민등록번호를 기재한다. 받아 든 청산가리를 소중히 들고 가볍게 다시 집으로 온다. 집으로 오면서 미숙은 '아하 이렇게 조금씩 조금씩 여러 집 들러 사서 모으면 치사량이 될 수도 있겠구나'하고 생각한다. '자살하려는 사람은 느낌이 달라요.' 하던 가게 주인은 타살 쪽보다 자살 쪽으로 더 먼저 생각이 쏠리는가 보았다.

집으로 온 미숙은 냉장고 문을 연다. 딸아이 간식을 싸주고 남은 햄이 눈에 들어온다. 도마 위에서 잘게 햄을 썬다. 그리고 보온밥통 뚜껑을 연다. 따끈한 김이 오르는 밥을 한 주걱 수북이 푼다. 간장을 약간 치고 참기름을 친다. 고소한 냄새가 미각을 자극한다. 밥을 골고루 비벼댄다. 그 위에 구운 조기 머리를 부숴 얹혀 놓는다. 그리고 밥 속을 조금 헤치고 시안화칼륨을 섞는다.

창문을 열려는데 왠지 가슴이 두근거린다. 잠시 망설인 후 미숙은 조금씩 창문을 연다. 창문 미끄러지는 소리에 섬뜩 신경이 곤두선다. 열고 보니 방금 울고 있던 고양이는 보이지 않는다. 금방 어디론가 가 버렸나 보다. 주변을 둘러보아도 안 보인다. 또 올 테지. 한쪽 구석에, 얌전히 조기 부스러기를 얹힌 밥그릇을 놓는다.

이틀 만에 날이 개었다. 장마가 끝나 가는 것 같다. 오랜만에 햇살은 창문을 뚫고 방안에까지 들어와 천연덕스럽게 길게 누워있다. 미숙은 세탁기를 돌리며 청소를 시작한다. 어느덧 미숙의 귀는 창밖을 향해 열려 있다. 어쩐 일인지 고양이 울음소리가 전혀 들리지 않는다. 그래도 왠지 창문을 열기가 싫었다. 갑자기 확 하고 달라붙을 것만 같았다. 아니 혹 안 먹었을지도 모르지. 영물이니까. 날이 좋으니 어디론가 아주 가버린 걸까? 고양이 울음소리를 듣지 않으니 너무 고요하다. 세상의 평화가 자신의 집에 다 모여든 것처럼 행복하기까지 하다.

집 안 청소를 끝내고 미숙은 손지갑을 찾아든다. 어제 TV에서 보았던 새로 나온 햇고구마가 자꾸 눈에 어른거리기 때문이다. 오늘은 그 맛있게 생긴 자줏빛의 고구마를 삶아 식탁에 올려야겠다. 남편도 시골 출신이라 찐 감자, 찐 고구마를 무척 좋아하지 않는가.

남편의 그늘진 표정은 회사 내의 일 때문이겠지. 그이는 나 없으면 못사는 사람인데⋯⋯. 그렇게 판단되자 미

숙은 고양이 보다 더 가벼운 걸음으로 밖으로 나온다. 현
관문을 열고 나온 뒤 다시 닫고 습관적으로 #키를 눌러
굳게 잠근다. 보조키도 열쇠를 왼쪽으로 돌려 그렇게 굳
게 잠근다. 집만 비우면 반드시 도둑이 꼭 올 것으로 예정
돼있는 것처럼.

　시장을 향해 자신의 집 담 모퉁이를 도는데 눈에 익은
고양이가 누워있다. 섬뜩함에 또 한 번 명치끝이 찔린다.
언제 죽은 것인지 검은 털과 흰털이 보송보송 난 새끼 고
양이가 옆으로 누워 두 다리를 곧게 뻗은 채 굳어 있다. 파
리가 가늘게 뜨고 죽은 눈동자에 앉았다가 기척 소리에
놀라 수선스레 날아간다.

　누군가 놀란 가슴을 때린 것처럼 섬뜩하다. 가엾음이 치
밀어 오른다. 사람이건 짐승이건 죽음 뒤에는 원한이 없
는 것을. 언제 미웠던가 그 감정은 사라지고 불쌍하기만
하다. 다시 명치끝이 체한 것처럼 똘똘 뭉쳐지는 것 같다.

　곁눈질해 본 죽은 고양이는 실눈을 뜬 채 잠든 것처럼
보였는데 실눈 사이로 보이는 눈동자는 윤기가 없었지만
맑고 투명하다. 미숙은 죽은 고양이 옆에 놓여진 쓰레기
봉투에서 삐죽이 솟아 나온 시안화칼륨을 담았던 봉투의
끝을 쓰레기봉투 속으로 더 깊숙이 밀어 넣는다. 쓰레기

봉투 속에 함께 쑤셔 넣었던 딸아이의 뜯어진 인형 옷을 잡아당겨 시안화칼륨 봉투를 보이지 않게 감싸 버린다.

미숙은 굳이 고소한 참기름 냄새나는 고양이 밥을 헤집고 마지막으로 뿌렸던 시안화칼륨을 기억 속에서 지워버린다. 맛있게 준 밥은 자신이 주었고 그 속에 독극물을 넣은 것은 누군가의 짓이다. 새롭게 조작된 장면이 계속해서 필름같이 반복된다. 그 독극물을 넣던 누군가의 짓을 미숙에게서 분리해 내고 있다. 점점 기억의 장면은 흐려지며 맛있는 밥을 비벼대던 자신의 손만이 생생하게 살아날 뿐이다.

'그래, 다 지 운명이야, 누가 그렇게 태어나랬어? 하필 좋은 곳에 못 태어나고 다 지 업보야'

미숙은 시장을 향해 걸으면서 고양이에게인지, 핏덩이 아기에게인지 모를 말을 중얼거린다. 한참을 걷다가 미숙은 문득 걸음을 멈춘다. 다시 돌아서서 집을 향해 빠르게 돌아간다. 현관문을 따고 안방으로 들어와 창문을 열어제친다. 고양이 밥그릇은 예상대로 비어 있었다. 고양이가 먹은 것임엔 틀림없었다. 순간 인기척이 난다. 고개를 돌리니 남편이 서 있다.

미숙은 놀란 가슴을 누르며 묻는다.

"웬일예요? 당신?"

말과 동시에 놀람에 대한 분노가 솟구친다.

"아무것도 아니야."

"고양이처럼 우뭉하긴…… 잊은 것 있었어요?"

"응, 서류 가지러 왔어."

다시 후— 긴 숨이 토해진다.

"문이 잠긴 줄 알고 베란다로 들어가려던 참이었어."

역시 하느님은 자신을 돕고 계셨다.

그 후로는 방 창문 앞에서 울던 새끼 고양이 울음소리가 들리지 않았고 오래된 아기의 모습도 꿈에 보이지 않았다. 하지만 명치끝은 차츰 더 아프게 죄어 왔고 그로 인해 유리컵에 따르는 양주의 소비량은 점점 더 늘어만 갔다. 어미 고양이의 가슴이 오죽 아팠으랴…….

윤정옥
소설집

소녀와 선물

소녀와 선물

"이제 좀 일어나 앉을 수 있겠냐?"

"예, 어머니, 어머니도 좀 쉬세요."

"쉬기는"

"어머니, 밖에 날이 개었나봐요."

"그래, 활짝 개었다. 징그럽도록 햇살이 눈부시다."

"어머니, 절 좀 창가에 데려다주세요."

"오냐."

어머니 황여사는 슬리퍼를 아들 발에 신기고 창가에 아들을 데려가려고 부축을 했다.

"아휴, 벌써 개나리가 언제 저렇게 피었담. 창밖 꽃밭에는 햇살이 가득하다."

"개나리가요?"

"그래, 전부 메마른 가지에 노란 꽃만 저렇게 피었구나."

아들 승호는 진노랑으로 핀 개나리를 머릿속에 그려본다. 그보다 온몸에 감싸드는 햇빛이 더 실감난다. 아, 이빛, 빛, 빛을 한 번만 더 볼 수 있다면. 승호는 물체를 움켜잡듯 빛을 잡으려고 팔뚝과 전신을 쓰다듬어 본다.

"왜 그래? 무얼 찾냐?"

황여사는 승호의 동작 하나하나에 민감하다. 아, 아니에요. 자신의 반쪽처럼 모든 시중을 들어주고 있는 어머니라도 한 줄기 아니 한 뼘만큼의 빛을 찾으려고 허우적대는 승호의 심정은 모르는 것이었다.

그때 병실 문이 열리며 승호를 부르는 소리가 났다.

노승호 씨! 간호사가 부르는 소리였다. 대답이 없자 노승호 환자분 어디 가셨어요? 간호사의 소리가 뾰족하다.

여깄어요.! 황여사가 소리쳤다. 애, 가자. 주사 놔주러 왔나 보다. 황여사는 승호를 감싸 안고는 침대로 왔다. 간호사는 노련하고 습관적인 몸짓으로 승호의 혈압을 재고 주사를 놓았다.

"이 약은 식후에 바로 드시고, 이것은 식후 30분마다 먹이세요."

예, 예, 황여사는 그저 의사나, 간호사의 말이라면 무조건의 절대복종이었다. 먹어서 무엇이 좋아진단 말인가? 이제 모든 세상을 온통 암흑으로 바꾼지 2년이 됐고 습관처럼 치솟아 오르는 울분을 가라앉히면 소화는 저절로 될 것인데 다 아는 병을 저들은 이러니저러니 해가며 구분하는 것이다. 승호는 입을 다문 채 속으로만 말을 삼키고 있다.

"내가 글은 몰라도 약 구분하고 알아보는 데는 귀신이다. 너의 아버지 때부터."

오랫동안 병석에 누웠던 남편에 대한 가슴 아픔이 이제는 전설처럼 멀게만 느껴지는지 아니면 연세가 들어 노망기가 나는 건지 황여사는 약봉지를 펼치며 떠들었다. 이건 소화제, 이건 신경안정제, 이건 염증치료제……. 흥이 올라 떠들어 제끼는 것이었다. 벽시계를 보던 황여사는 '약 먹어야지' 컵에 물을 따라 약과 함께 아들 손에 쥐어준다.

"어머니, 좀 이따가 먹을게요."

"그러련? 잊지 말고 이내 먹어야 한다."

"네."

대답은 하지만 승호는 번번이 약을 어머니 몰래 움켜쥐곤 화장실에 갖다 버린 적이 허다했다. 승호는 잠을 자보려고 침대에 누웠다. 시끄러웠다. 6인용 병실엔 조용할 새가 없었다. 노크소리에 이어 아주머니 두 사람이 들어왔다.

그들은 느닷없이 들어와서는 승호가 남긴 죽 그릇을 들

고 식사 중인 황여사에게 진지하게 말을 걸었다.

"아주머니, 기도원엘 가셔서 기도하세요. 저두요 자궁암을 고쳤어요. 이 병원에 입원을 했었는데 의사가 가망이 없다는 거예요. 자궁을 떼 내는 시기도 늦었다는 거예요. 병원서 포기를 하는데 어쩌겠어요? 죽으나 사나 하느님께 매달릴 수밖에 없다하고 퇴원을 했죠. 퇴원하는 대로 기도원엘 가서 금식을 하며 절실히 기도를 드렸답니다. 그저 믿으셔야 해요. 믿는 자에게 복을 주신답니다. 절대로 나으실 수 있어요."

감색 투피스 차림의 중년 여인의 수다는 끝도 없이 나왔다. 가만히 서 있기만 하던 또 한 여자는 간혹 '그럼, 그럼' 해가며 그 여자의 말에 반주처럼 동조를 했다. 황여사는 밥그릇을 물리고 심각히 묻는다.

"아니, 그러면 내 아들 눈을 번쩍 뜨게 해 준답디까?"

"아유, 그럼요. 기적이 있어요. 기적이. 곱추가 등을 폈고요, 우리 조카는 소아마비였는데 지금 멀쩡히 걷게 돼서 직장에 다닌다니까요."

거짓말도 하도 하다보면 정말처럼 착각을 하는 건가? 눈을 감고 있으면 귀도 안 들리는 줄 아는 모양이다. 멋대로 지껄인다. 진지한 그 여자의 말에 승호는 소름이 돋았다. 그러자 옆에 있던 여자가 두리번거린다.

"아니, 여긴 내과병동 아니에요? 안과가 아니잖아요?
묻는다.

"맞아요. 내과지요. 내 아들은 눈은 못 보지만 소화를
못시켜서 왔어요."

그렇군요. 그것도 다 맘이 편해지면 소화도 되고 잘 먹
게 되지요. 말이 다 끝나기도 전에 감색 투피스의 여자는
황여사의 손을 잡으며 간곡히 말했다.

"그저 하느님께 맡기셔요. 맡기셔야 해요."

황여사는 심각하게 생각해본다. 저대로 죽도 먹지 않고
가면 저의 아버지 짝이 될 것 아닌가? 눈을 뜬다고? 맘이 편
해지면 밥도 먹고 소화가 되는 건 알긴 알겠다만 눈을 뜬
다고?…… 정말 눈을 뜰 수가 있을까? 하느님을 믿으면. 황
여사의 눈이 사탕을 받으려는 세 살박이처럼 반짝 빛난다.

"그렇고말고요. 속는 셈 치고 믿어 보세요."

어디요? 거기가? 황여사의 표정에 굳은 의지가 샘솟는
다. 감색 투피스 차림의 여잔 갑자기 신이 오른 무당처럼
약도가 인쇄되어 있는 종이를 꺼내며 전화번호를 적어준
다. 침대에 누워서 듣고만 있던 승호는 울화가 치밀어 오
른다.

"눈알이 없는데도 눈을 떠요?"

승호는 자신도 모르는 사이 벌떡 일어나 소리치며 탁자의 컵을 맞은편 벽을 향해 던졌다. 두 여자는 소리도 못 지르고 놀랜 표정이다. 황여사는 황급히 두 여자를 어서 나가라고 손짓을 한다. 두 여자는 양떼처럼 조용히 황여사에게 몰리어 문밖으로 나왔다.

"우리 아들 성질이 저래요. 못 건드린답니다. 원래는 착한 아이였는데……어휴"

"어떡하다 눈이 저렇게 됐어요?"

"월남전서 다쳐 상이군인이 됐어요. 한쪽 안구는 적출해냈고 한쪽은 각막을 다쳐서 앞을 못봐요."

"저런! 쯧쯧……"

2년 지났는데 눈보다 울화증이 심해 위궤양 돼서 입원했어요. 자꾸 말라가는 게 안타까워서. 황여사의 가슴속 한이 눈가에 멈췄는지 아랫눈시울에 빨갛게 선이 그어졌다.

"그럴수록 더욱 주님께 매달리셔야지요. 하느님은 전지전능하신 분이랍니다."

"정말 곱추도 고치고 다리병신도 고쳤답디까?"

"그럼요, 거기 가시면 직접 보시게 돼요."

"에이 여보슈! 아무리 무식한 늙은이로서니 그렇게 놀

려대?"

자라 본 가슴 솥뚜껑 보고 놀란다더니 황여사가 지른 소리에 두 여자는 또 움찔 놀란다. '그래도 칠성당 성황님께 빌어야지 잘들 됩디다.'

"아니 그 나무에 돌멩이 싸놓고 물그릇 올려 논 채 비는 것 말이지요? 그건 미신이에요. 아주머니, 그 나무에 빌어요? 차라리 사람에게 빌지."

옆의 여자가 침착하게 설득한다.

"사람보단 나무가 더 변동이 없는 줄 모르슈? 사람은 거짓말을 하지만 나무는 거짓말을 안 해요. 빌면 비는 만큼 마음도 통하는 것 같습디다."

두 여자는 대꾸할 말을 잊은 듯 황여사 얼굴만 바라보았다. 황여사 옆에 감색 투피스의 여자가 가라앉은 음성으로 응수했다. 아주머니 우리 인간을 만들어 주신 하느님을 믿어야지 우리가 죽이고 살릴 수 있는 나무를 믿다니요.

시선을 바닥에 떨어트린 황여사는 다물었던 입을 연다. 그건 모르는 소리유. 한밤중에 물 떠놓고 빌고 있으면 물이 흔들려요. 그리고 이튿날 있을 일도 다 정신으로 떠올라와요. 환히 느껴지죠. 분명히 신이 있긴 있어요.

"그래서 무슨 예감을 얻으셨죠?

복도에 서서 얘기에 열중하는데 간호사가 휠체어를 밀며 세 사람을 가르고 지나갔다. 황여사는 자신의 체험을 얘기하고 싶어서 손짓을 했다.

저리 가서 앉읍시다. 그들은 몇 발자국 걸었다. 황여사는 두 여자를 복도 끝에 있는 긴 나무의자에 앉혔다. 그리고 말을 이어갔다.

"남편 죽기 전날, 가만히 있던 물이 떨리며 못산다고 했어요. 그리고 아들 월남서 다치던 날 물이 떨리며 전사든지, 다쳐서 후송돼 오든지 상봉할 것을 알려 주었구요."

"아주머니 물이 말을 합디까? 아주머니, 그건 순전히 아주머니 예감예요. 조용한 시간에 깊이 생각하면 어떻다는 판단이 서질 때가 있잖아요? 그런 예감이지요."

"예감이라고? 분명히 말소릴 들었는데 예감이야? 당신 누굴 약 올리러 왔어? 젊은 것들이!"

다혈질의 황여사는 아들에게서 받은 분노가 솟구쳐, 자신의 말을 무시하고 안 믿는 그 여자를 향해 똑같이 눈을 부릅떴다.

"아니 글쎄, 아주머니 그러기 쉽다는 거지요."

"그럼 당신네들 하느님 있다는 걸 뭘로 증명할거요?"

"그럼 아주머닌 하느님 없다는 걸 뭘로 증명하시겠어요?"

"하느님이 있다면 아무 죄도 없는 내 아들을 저 지경으로 만들어 놨을까? 착하기만 했던 남편도 젊은 나이에 데려가더니."

"그럼 아주머닌 그 칠성당에 빌어서 되돌려 받은 것 있으세요? 아무도, 아무 신도 못 고칩니다. 죽은 사람 부활시키는 건 하느님뿐이에요. 물론 아주머니가 믿으시는 신도 신이지요"

여자는 자신 있게 음성을 높였다.

"이 세상엔 신이 아주 많고 그 신들마다 신통한 권능을 다 가졌어요. 허지만 죽은 사람 살려 내는 것만은 못해요. 그건 하느님만이 하시거든요. 나머지 신은 마귀예요. 하느님께로부터 버림받은 천사가 마귀가 된 거지요. 아주머니 기도원에 한번 가보셔요. 기도하시고 매달리고 선한 생활을 하면 들어 주시게 돼 있어요. 자식이 조르는데 부모가 안 들어 주고 배겨요?"

황여사의 입에서 긴 한숨이 나왔다. 나지막한 목소리로 말을 했다.

"하느님이 높은 분이란 건 알긴 알지요. 헌데 하느님 믿는 사람마다 말은 잘하는데 왜 그렇게 행동은 정반대인지 모르겠습디다. 십 년 전에 집에서 개를 키워 돈 십만 원을 겨우 모았어요. 십 년 전엔 10만 원이면 컸다오. 한 달 치 봉급이었어. 그 돈을 3일만 쓰고 웃돈 붙여 준다기에 주었더니 글쎄 꿩 구워 먹은 소식이야.

그래서 다그쳐 가서 따지니 전혀 미안한 기색도 없는 게야. 그게 지독한 예수쟁이였다고. 나중엔 슬슬 피해 다니길래 교회에서 찬송가 책 끼고 나오는 걸 붙잡아 멱살을 쥐고 망신을 줬지. 네년도 입에서 하느님 소리가 나오냐고? 결국 뜯기고 말았어. 하느님 앞세워 선한 척하며 뒤론 딴짓하는 것들 하느님 안 믿는 사람보다 천벌을 더 받을 거야……"

황여사는 돈을 뜯긴 그때의 생각을 떠올리며 입술을 씰룩였다.

"그런데 당신들은 왜 그러고 다니우?"

"저희들은 전도하는 거지요."

"연보 돈 더 얻기 위해서 한사람이라도 더 교회 나오라는 얘기겠지? 요샌 교회도 사업이니까."

면전에서 무시하는 말을 듣자 두 여자는 어이없다는 표정으로 서로 마주 본다.

"아주머니도 말씀을 막 하시는군요. 우리만 천당 가면 되겠어요? 하느님 사랑받고 있다는 걸 깨우쳐 주고 이끌어야지요."

두 여자는 전도를 꼭 해야 한다는 의지였다.

"글쎄 천당 가는 걸 가르쳐 주는 건 고맙지만 나야 뭐 성황당 칠성님이 계시니……이제 교회를 나가면 재앙이 내릴 테지……"

"아니에요. 그렇지 않아요. 절에 다니시던 분들도 많이 나오셔요."

또 한 여자가 다짐을 하듯 물었다.

"다음 주 일요일엔 나오실 수 있죠? 꼭 한번 와 보세요. 기다릴게요."

"글쎄 우리 아들하고 의논해 봐서, 그때쯤 퇴원하게 되면 내 한번 구경삼아 가리다."

"꼭 오세요."

"어서 가보우."

"네, 아주머니 꼭 오셔야 해요."

두 여자는 허리 굽혀 인사하더니 다음 병실로 들어갔다.

황여사는 아들에게로 왔다. 주머니를 뒤적인다.

"글쎄 경기도 어디라고 했던가?…… 응, 여기 적어줬는데 읽을 수가 있어야지."

주머니에서 명함을 꺼내 들은 황여사는 신기한 보물이나 되는 듯 보더니 아들에게

내밀었다. 아직도 황여사는 아들이 글을 읽는 모습으로 착각하게 된다.

"거기에 유명한 목사님이 계시는데 안수기도를 해주어 많이들 고쳤다는구나. 앉은뱅이도 일어섰대요."

"어머니 제발 그 어리석은 말씀 좀 하지 마세요."

"얘, 그런데 이상하구나. 신장 결석증의 돌이 빠져나와 소독 병에 넣어있고, 안수기도 후 위암이 떨어져 나온 것도 다 병에 담아두고 전시한다더구나. 참 희한한 일도 다 있지. 증거를 보고야 안 믿을 수가 있니? 그것보다 아직 남아 있는 한쪽 눈알은 상처받은 각막만 이식하면 세상을 볼 수 있을 거라 했어……!"

승호는 또 울화가 치밀어 올랐다. 차라리 어머니의 무지가 밉살스러워졌다.

"어머니 물을 많이 마시게 되면 신장 속의 돌은 저절로 빠져나올 수 있어요. 그건 기도 없이도 가능해요."

"그러면 그 위암은? 그건 뭐겠니?"

"모르겠어요. 그건, 보지도 못하고 듣지도 못했으니."

"다음 주에 꼭 오라고 하니 구경 한번 가볼란다."

"구경 가시는 건 좋은데 눈떠지게 해달라고 빌진 마세요."

"아니 그럼, 기적을 바라고 안수기도를 받자는 건데 그럼 무엇하러 믿어? 칠성님 놔두고."

황여사는 또 불끈한 어투다.

"어머니, 그러시다 기도가 이루어지지 않으면 그땐 어떡하시겠어요? 하느님을 영원한 배신자로 만드시겠어요?"

"하느님이 정말로 계시다면 내 간절한 소망 하나 안 들어 주겠냐?"

"병을 낫게 하기 위한 수단으로 하느님을 써먹지 마세요.

"그러면 넌 도대체 누구 잡고 빌란 말이냐?"

"빌긴 뭘 빌어요? 그냥 그대로 살다 가는 거지."

어휴 저 못된 녀석, 어미 앞에서. 황여사는 송곳으로 가슴을 찌르는 아픔을 느꼈다.

"어머니 바깥바람 좀 쐬고 올게요. 갑갑해서요."

황여사는 무거운 얼굴로 지팡이를 아들 손에 쥐어주었다.

꽃밭엔 햇살이 가득 차 있었다. 승호는 화단 옆의 작은 바위에 걸터앉았다. 지방의 작은 준종합병원인데 개인병원이듯 병원 내의 울타리 안에서는 환자들이 꽃밭이 있는 마당을 한가롭게 오갔다. 그들은 산책을 하고 햇볕을 쬐며 일광욕을 했다.

승호는 옆에 세워놓은 지팡이를 더듬어 곁에 바로 세워놓았다. 혹 지나가던 사람이 지팡이에 걸려 넘어질까 하는 우려에서였다. 가만히 앉아있노라면 면회 오는 사람들의 발자국 소리, 입원실 유리창 속에서 새어 나오는 사람들 떠드는 소리, 택시가 서고 현관문 여닫는 소리 등등. 그런 모든 소리들이 한 덩어리가 됐다가 마당에 흩어졌다. 그 속에서 문득 소녀의 소리 하나가 또렷하게 들려왔다.

"어쩜 여긴 이렇게 민들레가 많을까?"

소녀는 꽃을 따서는 후후 불어대었다. 승호는 소리 나는 쪽으로 고개를 돌렸다.

"민들레가 모두 뽀얗게 동그라미를 만들었네."

소녀는 혼자 보기엔 아깝다는 듯 커다란 소리로 중얼거렸다.

'민들레……' 눈을 감은 승호의 머릿속엔 모교의 학생회관으로 이어지는 작은 길이 그려졌다.

길옆으로 민들레가 노랗게 피어났었지. 노란 꽃잎이 하얀 씨가 되어 동그란 원으로 바뀌었을 때, 그녀가 하나를 따서 입김으로 불려고 할 때 세찬 바람이 불어와서는 그녀의 긴 머리카락을 날려 주었고 민들레까지 날려버리자 그녀는 팔팔 뛰었었지. 다른 민들레를 따서는 후후 불어 대었지. 재미있어했다.

아아, 정화, 보고 싶다. 강의가 끝나기가 무섭게 으레껏 그림자처럼 옆에 따라다니었고 학기말 시험 때면 도서관에서도 꼭 옆자리에 앉아 가끔씩 정신집중을 방해하곤 했었는데. 그때 그녀의 발랄한 모습이 영원한 기억으로 머물고 말았다. 졸업한 뒤 신문사에 취직을 했다며 사회인임을 자랑하고 싶다고 월남으로 편지를 열심히 보내 주더니 뚝 끊기고 말았다. 공교롭게도 소속 부대 주소가 아닌 병원주소로 답장을 보낸 뒤부터는 어느 편지든 한 통도 오지 않았다.

전쟁, 상처, 역사, 용서… 또다시 떠올리기엔 생살을 찢는 아픔이다.

사람을 죽이라고 만든 칼. 권총. 어이없었다.

월남 파병은 공산화되는 것을 막자는 것이 표면화된 최우선 목표였지만, 당시 우리나라 경제 상태는 세계 최하위 빈곤국가로서 기업의 해외진출은 생각지도 못할 때였다. 32만 베트남 참전 용사들은 국가경제발전의 초석이 되었고 베트남 파병을 계기로 6.25 이후 많은 독자적인 전

술개발과 병법을 습득하는데 큰 성과를 얻을 수 있었다. 미군들은 한국군 부대가 옆으로 이동해온다면 환호했다. 그들은 자신들보다 용맹성이 높은 우리 군을 보며 놀라워했다. 승호는 세계평화의 수호군으로서 소임을 다했다고 자부하는 데는 변함이 없다.

밀림을 뚫고 들어간 산속에서 매복을 하고 있는 도중 베트콩이 지나가는 것이 보였다. 긴장상태에서 엎드려 사격자세를 취하는 순간 사격하라는 명령이 떨어지고 총은 따닥콩… 소리를 내며 총알은 연이어 튀어나갔다.

적의 수류탄이 총알 위로 날아오는 것을 보고 모두 엎드려 굴렀는데 승호는 정신을 잃고 말았다. 헬기 속에 시체와 함께 후송되어 왔을 때, 승호는 눈과 허벅지 몇 군데를 파편에 의해 다쳤다는 것을 알았다. 그때부터 세상 모습을 볼 수 없었다. 군병원에서 치료 후 본국으로 후송. 그대로 제대하게 되었다. 승호는 전시 속의 파편 같은 기억들이 지우려야 지워지지 않았다.

승호는 컴퓨터 앞에 앉았다. 자판을 손가락으로 더듬으며 익혀갔다. 신체 중에 가장 소중한 것이 눈이었고 차라리 눈으로 보고 입으로 말을 못하는 벙어리가 훨씬 나을 것 같아 부럽기까지 했다. 젊음을 암흑과 바꿔놓더니 본국에 온 지 1년여 만에 월남은 공산화로 전쟁의 종지부를 찍고야 말았다. 죽음과 맞바꾼 치열했던 싸움이 연극처럼 돼버리고 말았다.

"아저씨, 민들레가 이렇게 고운 줄 몰랐어요. 불면 풍선처럼 떠다녀요."

저 청순한 목소린 누굴 두고 하는 소리인가 하고 돌아보는데 아저씨, 이것 좀 보세요, 하고 소녀는 민들레꽃을 내민다. 승호는 빙그레 웃었다.

'어마나!' 승호를 보고 나직이 뱉는 소녀의 소리는 분명 자신이 죄라도 지은 것처럼 움 추려 든다.

"실례한 것 같네요…… 아저씬 몇 호실 계세요?"

"307호에 있어요."

"어머, 그럼 제방 바로 옆이에요."

소녀는 환자복을 입고 있는 듯했다.

"민들레를 아주 재미있게 불던데요?"

"아저씨 말씀 낮추세요. 저는 아직 여고 1학년이에요."

"고교 1학년?"

"예"

"어디가 아파서 입원을 했소?"

"혈액에 이상이 있대요. 식사는 잘 하는데 이렇게 핏기가 전혀 없어요."

"언제부터 아팠는데요?

"잘 모르겠어요. 아침 조회 때, 체육시간에 자주 쓰러졌어요. 밥도 잘 먹고 하니까, 그냥 지냈는데, 이 병원 저 병원 다녀 봐도 이상이 없다기에 별것 아닌 걸로 생각했거든요. 장이나, 위, 혈액검사 등, 지금도 수시로 검사를 받고 있어요."

소녀는 말꼬리에 덧붙였다. 무슨 병이던 난 겁 안 나요. 소변검사, 혈액검사, 주사 등 그런 것들이 귀찮을 뿐이죠. 이상스럽게 소녀의 말은 코스모스의 해맑음처럼 따사로운 봄볕에 하늘거렸다.

"이렇게 따듯한 봄볕을 쬐고 있으면 학교로 막 달려가 친구들과 공부하고 떠들고 싶고 무거운 책가방 든 채 여럿이서 돌아다니던 생각이 간절해요."

"곧 그렇게 되겠지."

"…… 글쎄요."

가라앉은 소녀의 대답이 승호에겐 어둡게 들렸다. 소녀가 밝은 목소리로 물었다.

"아저씬 뭘 잘 하세요?"

"나? 난 원래 축구광이었어. 공으로 하는 것이면 무엇이든 좋아해. 대학시절에도 축구선수를 했거든?"

문득 소녀는 또다시 그의 아픔을 건드리는 것 같아 죄스러운 기분이 들었다. 그런데도 아저씬 상당히 밝은 대답을 하고 있다.

"아가씬 뭘 잘하지?"

"아저씨 제 이름은 소영이에요. 소영이라구 부르세요."

"소영인 뭘 잘하지?"

"저는 특별히 잘하는 게 없어요. 공부도 놀이도 만드는 재주도, 노래까지도 이상하게 두드러진 것이 없는 게 제 특징이에요."

"하! 그래? 그럼 제일 좋아하는 건 있겠지."

"네, 그건 있지요. 책 읽기예요."

"그래? 주로 무슨 책을 읽나?"

"소설을 즐겨 읽어요."

"음, 상당히 문학소녀겠는데? 작문은 100점이겠군."

"그렇질 못해요. 언제나 60명 중 30등 정도니까요. 보통수준을 앞지르는 것이 없어요. 그렇게 하는 것도 재주겠죠?"

"하하하하…… 그렇겠네. 대신 소영인 남다른 특별한 데가 있을 거야. 틀림없이."

"아이, 아저씨도 좋게 생각해 주셔서 고마워요. 그런데 아저씨 제가, 낼부터 아저씨 휴식시간에 독서를 해드릴까요?"

"독서를?"

"네, 소설을 읽어드릴게요"

"그래? 고마워. 정말 고마워."

승호는 진심으로 가슴속 깊이에서 나온 인사말을 했다. 그 어떤 인사말도 고맙다는 말 외엔 가치가 없을 듯 했다.

"무리만 하지 말고 소영이 심심한 시간에 해줘"

"전 하루종일 따분한 걸요."

"나도 그래."

"제가 읽는 시간에 소리를 내서 읽게 되면 두 사람이 다 읽는 것이 되잖아요?"

음, 그렇겠군. 승호는 기분이 밝아졌다. 이야기할 친구가 생긴 것이 기쁨으로 전신에 번져왔다. 이튿날 오후 2시쯤에 소녀는 16절지만한 조그만 책을 갖고 왔다. 황 여사는 아들에게서 소영이 얘기를 듣고는 너무나 고맙고 반갑게 그녀를 맞았다. 황여사는 소영과 승호에게 오렌지 주스를 한 컵씩 따라 주었다.

"아저씨, 좋은 글이 너무 많아서 갖고 왔는데 좋아하실지 모르겠어요. 소설책이 아니고 명언집이에요. 좀 딱딱

하실 것 같아 좋은 부분만 골라서 읽어드릴게요."

승호는 침대에 걸터앉은 채 독서에 몰두할 자세를 취했다. 소영은 낭랑한 음성으로 읽어 내려갔다.

— 만일 내가 닥치는 대로 향락적인 생활을 보내고 있다면, 나는 그 어떤 신을 찾지 않아도 지낼 수 있다. 그러나 태어났을 때 나는 어디서 왔는가, 그리고 죽으면 어디로 가는가 하는 것을 생각할 때 나는 나를 보내고 또 맞이하는 것이 있다는 사실을 인식하지 않을 수 없다…… .

소영이 계속 책장을 넘기며 읽는 동안 황여사는 졸고 있었다. 아들의 시중을 잠시나마 잊고 푸근히 휴식을 취하는 숨소리가 소영의 책 읽는 소리완 별도로 나직이 들려왔다. 소영의 목소린 유리그릇을 두들기듯 투명하게 승호의 귓전을 울렸다.

— 우리들 모두에게 죽음이 닥치는 일보다 더 확실한 것은 없다. 죽음은 내일이 오는 것보다도, 낮이 지나면 밤이 오는 것보다도 여름보다도…… —

"소영이, 주스 마시면서 해, 그런 철학 서적들은 한 줄씩 읽고 음미하고 넘어 가야 해."

"그래요?"

"소영인 신앙을 갖고 있나?"

"네, 저희 집안 친척까지 모두가 성당엘 다녀요. 가톨릭 집안이지요. 고조할아버지께서 순교자셨대요. 단두대에서 목을 잘리셨지요. 하느님을 믿지 않으시겠다고 한마디만 거짓으로라도 대답하셨다면 사실 수 있으셨을 텐데 말예요. 그런 비참한 죽음은 맞지 않으셨을 텐데…… 아, 참 이것 좀 만져보셔요."

소영은 주머니를 뒤적이는 것 같았다. 승호의 손에 쥐어진 것은 작은 구슬처럼 둥근 알들이 나란히 연결돼있는 묵주였다. 나무로 된 알들은 작은 동그라미를 만들었고 한가운데에 십자가가 매달려 있었다.

"이것이 저의 고조할아버지 때 숨겨서 쓰여지던 묵주예요. 얼마 전에 아버지께서 '네가 간직해라'하고 대를 물려오던 이걸 제게 주셨어요. 저는 외동딸이거든요. 매일 한 번씩 이 묵주신공을 드리곤 하죠. 성모님께서 제 간절한 기도를 들어주신 체험을 갖고 있답니다."

승호는 손으로 묵주를 유심히 만져보았다.

소영은 계속 말을 이었다. 저는 하느님을 볼 수 없는 것이 안타까워요. 마음이 혼탁하고 먼지가 끼어서 하느님을 볼 수 없어요.

어머니가 잘 쓰시는 말을 빌자면, 그녀는 지독한 예수

쟁이였다.

"소영이, 소영인 좋은 신앙을 갖고 있군. 어떤 신앙이건 의심 없이 완벽하게 믿는 것이 중요하다고 생각해."

"그분은 우리를 버려두지 않으셨어요. 그분은 우리에게로 오셨으며 비천한 자가 되어 인간의 사랑을 통하여 그분의 사랑을 우리에게 알려 주셨죠."

그 소리는 이상스럽게 승호의 귀 밖에서 바람소리처럼 윙윙거렸다. 승호의 한숨소리가 나직이 깔렸다. 인간은 소원이 불가능해졌을 때 무엇에건 매달리고 싶어 하지 않던가. 그분의 사랑이 무엇이란 말인가? 내가 이제 영원히 어둠 속에서 세상을 등지고 살아야 하는데 무얼 감사해야 한다는 말인가? 더구나 승호는 '나는 세상에 태어나게 해 달라고 빌지도 않았어' 하며 입속으로 웅얼거렸다. 하느님이 정말 인간을 사랑하셨다면 왜 이런 불행을 우리에게 주신단 말인가. 승호는 다시 가슴이 갑갑해졌다.

소영이 나 물 한 컵 줄래? 네, 하며 소영은 보온병의 따듯한 물을 따라 한 컵 승호의 손에 쥐어주었다.

"힘드실 텐데 좀 누우세요."

"괜찮아, 혼자 있을 땐 무척 지루했는데…… 고마워 소영이."

승호는 어려서 놀던 곳이며, 학창시절 얘기를 소영에게 들려주었다. 소영은 재미있어했다. 승호도 얘기하는 사이 옛일들을 추억하며 즐거울 수 있었다.

다음 날, 승호는 점심시간이 지난 그 시간에 소영을 기다렸다. 자신도 알 수 없는 기다림이었다. 소영이 오는 시간까지의 빈 공간이 하얀 공백이 되어 그를 에워쌌다. 지루했다. 소영은 점심을 먹은 후에 어김없이 승호에게로 왔다. 약 다 드셨어요? 소영은 승호의 침대로 오며 물었다. 깜빡하면 잊어버리기 쉬운 약 먹는 시간이었다.

소영은 이번엔 재미난 꽁트를 읽어주었다. 단숨에 읽어버린 그 꽁트는 도둑을 잡고 보니, 옛날 자신이 가르친 제자였는데 은사가 그를 도와준다는 내용이었다. 책을 다 읽은 후 두 사람은 창문을 조금 열어놓고 공기를 환기 시키며 들어오는 봄볕을 안았다. 창밖의 아이들의 떠드는 소리와 웃는 소리가 눈에 훤히 보이듯 승호는 따스한 봄볕 속에서 기분도 즐거워졌다.

그다음 사흘째 되던 날, 소영이 책을 읽다 말고 조금 어지럽다며 금방 자기 병실로 가버렸다. 승호는 뒤쫓아 소영의 병실로 가보고 싶어졌다. 병이 악화된 건 아닐까. 승호는 저녁식사를 마치고 나서 혹 소영이가 늦은 저녁에라도 올까, 하는 기다림으로 무거워지는 마음을 달랬다. 날이 저물어가면서 승호의 마음도 함께 저물어갔다.

그다음 날엔 아침부터 잿빛 하늘이 낮게 내려앉은 것이 음침한 날씨였다. 봄날인데도 겨울의 해 질 무렵 같았다. 오후 늦도록 소영은 나타나지 않았다. 어제 아프다더니 승호의 예감이 자꾸 불안스럽게 흔들렸다. 승호는 슬리퍼를 더듬어 찾았다. 아무래도 가보고 싶었다. 눈을 감았으면 어떠랴? 소영의 아픔이 괜시리 가슴에 걸렸다. 도시 안정이 되지 않고 초조해지기만 했다.

승호는 306호 병실을 노크했다. 아무도 대답하는 사람이 없어서 문을 열고 소영의 이름을 부르며 침대를 찾았다. 소영의 침대는 찾았으나 비어 있었다. 옆에 누워 계시던 아주머니 환자 한 분이 말했다.

"그 아가씬 정밀검사를 하러 데려갔우. 젊은이들이 아까운 사람도 많지."

하면서 혀를 끌끌 찼다. 승호는 기다릴까, 생각하다가 돌아섰다. 무거운 맷돌 같은 것이 가슴에 짓눌려 자리 잡고 앉았다. 병실로 돌아오려고 복도로 나왔는데, 등 뒤에서 낯익은 목소리가 났다.

"어차피 포기해야 할 목숨이라면 마지막으로 하느님께 매달리셔요. 기적을 바라는 수밖에 없지요."

말없이 환자 침대를 밀며 가던 보호자 곁에서 같이 걸으며, 설명을 하는 아주머니의 목소리는 며칠 전 감색 투피스의 그 여자 목소리였다. 보호자의 답변이 들렸다.

"삶에 지쳐서 매달린 지푸라기가 하느님일 수는 없어요. 고운 마음으로 하느님께 맡길 수는 있어도, 한쪽으로 하느님께 맡긴다고 기도하면서 한쪽으론 지푸라기라도 잡고 한약, 양약 온갖 치료약은 다 먹는 그런 위선을 범하기 싫어요. 맡기면 처음부터 맡기는 것이지요."

낯익은 목소리는 기가 죽은 듯 잠잠하다가 그대로 물러설 수 없다는 듯 입속으로 무언가 중얼거렸다. 그 여자는 이내 승호의 뒤를 따라 들어왔다. 황여사는 그 여자를 반겼다. 곱추도 고치고, 앉은뱅이도 다리를 폈으니 우리 아들 눈 하나쯤 뜨는 것은 식은 죽 먹듯 쉬운 일처럼 믿고 황여사는 들떠 있었다.

다음 날 아침 승호는 회진이 끝난 다음 바람 좀 쐬고 오겠다며 환자복을 벗고 일반 옷으로 갈아입었다. 감시를 틈타 병원을 나왔다 눈으로 보는 봄과 마음으로 느껴지는 봄은 달랐다. 시내를 헤매었다. 거리 구석구석에서 봄 냄새가 물씬거렸다. 변하지 않은 골목은 낯설지 않아 오고 감에 어렵지 않았다. 머릿속에 그려져 있는 길들은 승호의 발걸음을 인도했다. 큰 불편 없이 다녔는데, 새롭게 도시계획에 의해 변경된 길이라든지 새로운 건물이 들어선 곳에선 방향을 잡을 수 없었다.

다행히 모교 앞의 대로^{大路}는 그대로였다. 친구들과 약속을 하고 자주 만나던 정문 입구 나무의자에 앉고 싶었다. 지금쯤 대나무는 파란 싹이 돋아나 있겠지. 정문을 들어서려는데 수위가 가로 막고 섰다.

"어디 가십니까?"

"누굴 좀 만나려고요."

"오늘은 강의가 없는 날입니다."

"의자에 좀 앉았다 가겠습니다."

"댁 같은 분이 쉬었다 가는 곳이 아니요, 여긴 대학교예요."

승호는 더 이상 실랑이 하고 싶지 않았다. 의자에 앉지 않고 발길을 돌렸다. 추억까지도 깡그리 불살랐어야 했다. 과거와 현재, 미래까지도 모두를 보자기에 싸서 검은 재로 화 해버리고 그리고 육신만 숨 쉬다가 숨 끊기면 재가 되어 이승을 훨훨 날아가야 옳았다. 아아, 차라리 태어나면서부터 앞을 못 보았다면 일찍 포기를 했을 텐데…….
승호는 다시 지팡이로 더듬으며 병원을 향해 걸었다.

승호가 돌아오자 황여사는 내일 아침 일찍 기도원엘 가야 한다며 가방 속에 칫솔과 옷가지를 챙겨 넣었다.

"의사 선생님이 요사이 무척 좋아졌다며 일주일 안에 퇴원해도 괜찮다고 했어. 집에 있는 것보다 널 그래도 병원에 맡기고 기도원엘 갔다 오는 것이 이 애미는 더 안심이 된다. 그래서 낼 아침 일찍 떠나 보련다. 아까 낮엔, 너 없을 때 목욕두 하고 왔다. 흐흐허허…… 깨끗한 몸과 마음으로 빌어 보려구 해. 마지막으로 매달려 보련다."

어머니…… 그 소린 승호의 입술을 움직였을 뿐, 소리는 나오지 않았다.

'아무래도 내 없으면 불편하겠지?' 황여사는 세 살 먹은 애를 혼자 놔두고 가는 사람처럼 불안스레 물었다.

"괜찮아요. 절대 걱정일랑 하지 마세요, 어머니. 맘 편히 잡수시고 갔다 오세요.

시골이니 맑은 공기 많이 쐬시고 오세요."

"그래, 그래, 허허허허……"

어머니의 너털웃음이 승호에겐 비애스럽다. 아니 실망으로 한숨과 눈물이 범벅이 되어 어머니의 뺨을 적실 것이 더욱 뼈아프다.

승호는 깊게 잠들기 위해 신경안정제를 먹었다. 이튿날 새벽에 황여사는 아들 잠을 깰세라 조용히 기도원을 향해 떠나갔다. 승호는 꿈속인지 아침 햇살인지 분명히 가리지 못한 채 누워있었다. 간호사가 와서 능숙한 몸짓으로 혈압을 재고 갔다. 얼마쯤 지나서 누군가 와서 이불을 바로 펴주고 보온병의 물을 갈아주고 탁자를 닦는 듯 했다. 일어나 앉으려고 침대를 잡는데 다리와 손등이 뻐근했다.

"일어나시려고요? 저에요, 아저씨. 소영이에요."

"소영이라고? 어딨어? 소영이!"

승호는 다급히 소영을 불렀다. 소영은 조용히 승호 앞으로 다가섰다.

"많이 아팠나? 소영이 손 좀 줘봐."

"조금요, 늘 그런걸요 뭐."

승호의 손을 잡으려던 소영은 깜짝 놀랐다. 검푸른 멍이 아저씨 손 전체에 퍼져 있었다.

"좀 앉아. 쉬어야 해. 목소리가 전 같지 않아. 아무래도 심한 것 같아."

"괜찮아요. 그런데 아저씨 손은 왜 이렇게 됐어요?"

"응, 어제 시내를 좀 다니다가 과일장사 리어카에 부딪

쳤는데 그래 그런가봐."

— 아침부터 장님을 봤으니 오늘 재수는 텄네.— 미안하단 말도 없이 리어카를 옆으로 비켜 세우며 중얼거리던 말이 스친다.

소영은 아저씨 손을 살며시 잡아 깍지를 졌다. 잡은 손을 통해 그의 힘겨운 외로움이 자신에게도 나누어지기를 빌었다. 동시에 그 기원은 승호의 가슴 속에서도 일었다. 소영의 아픔을 조금이라도 나누어 갖고 싶었다. 문득 기도문을 외우듯이 소영이 말했다.

"아저씨, 저의 눈을 아저씨께 드리고 싶어요. 어차피 제 몸은 한 줌의 흙으로 변해버릴걸요. 하느님께 심판 받을 영혼만 남아있으면 돼요."

"그만둬, 소영이. 그런 말 하지 마. 내가 너의 눈을 갖고 세상을 갖는다고 해도 소영일 볼 수 없다면 무슨 소용이야?"

소영의 눈에서 이슬방울이 흘러 승호의 손등에 떨어졌다. 참고 있는 승호의 굳건한 가슴속에서도 한 방울 물줄기가 흘렀다. 승호는 그것을 애써 지웠다.

"아저씨, 책 갖고 왔어요. 읽어드릴게요. 재미난 책이에요. 아마 어릴 적에 읽으셨던 것인지도 몰라요. 몽테크리스트 백작이에요."

"아니야, 소영이 힘겨운 짓은 하지 마. 난 안 보여도 다 알 수 있어. 음성만 들으면."

"자주 못 오게 되기 쉬워요. 자꾸 약물을 투여하고 검사를 수시로 받으니까요."

"소영인 고집이 센 편이군."

"네. 그래요."

소영의 미소 짓는 모습이 승호의 머릿속에서 그려졌다. 만화책에서 보았던 소녀의 청순한 미소가 소영으로 떠올랐다. 소영은 나지막하게 또박또박 책을 읽어 내려갔다. 힘겨운 목소리였다. 이야기는 재미있게 전개되기 시작했다.

소영도 책 속으로 말려들어 가는 듯했다. 갑자기 책을 읽는 소영의 음성이 떨리기 시작했다. 끊어졌는가 싶더니 소영은 침대에 얼굴을 묻어버린다. 정적이 흘렀다. 뜨거운 오열이 침대 속으로 파묻혀졌다.

"소영이!"

"……"

"소영이 우는구나, 그치?"

두 사람은 한참을 말이 없었다. 뜨거운 불덩이 같은 것이 승호의 목젖을 타고 넘어가 가슴속으로 떠다녔다. 나직이 깊은숨을 토해냈다.

"소영이, 소영이 어딨지? 손 좀 줘봐."

"아저씨, 저 여기 있어요."

소영은 승호의 손을 잡았다. 아저씨의 손이 보드랍고 따듯했다.

"하늘나라에 가서 하느님을 뵐 수 있다면, 내가 아저씨 얘기를 하고 기도할게요.

거리는 멀어도 기도 속에서 만나요."

"......"

"그리고, 이 묵주, 아저씨 드릴게요. 제가 유일하게 기도하던 묵주였어요. 묵주 맨 끝단은 아저씨를 위해 기도했어요...... ."

승호는 묵주를 받았다. 처음 만졌을 때 낯선 목걸이 같이 느껴지더니 지금 다시 만져보니 오랜 친구였던 것처럼 친숙함이 느껴졌다. 이상했다. 온도 때문이었을까. 오랜 세월 소영의 기도가 전부 담겨진 소망의 묵주라고 생각해서였을까. 영혼이 담긴 물체 같았다.

황여사는 닷새 만에 돌아왔다. 퇴원 수속을 밟을 때까지 아무 말 없이 조용히 지나갔다. 승호는 다행스러웠다. 어머니의 말 없음이 불안하기도 했으나 묻지도 않았다. 저녁을 먹고 난 다음에 황여사는 탁자 정리를 해놓고, 아들에게서 핀잔을 들을까봐서인지 조심스럽게 입을 열었다.

"금식기도를 하는데 사흘째 되는 날, 자꾸 배고파져서 먹고 싶은 생각만 나더구나. 그리구 본…본인이 와야 한대요. 본인이 직접 안수를 받아야 한단다. 정성이 부족한 탓이었다. 거짓이다 생각하니 전부 거짓 같고, 정말이다 생각하니 전부 정말 같더라. 마음속에서 우러나오는 생각들이 그게 하느님 믿는 마음인줄 몰랐거든."

승호는 어머니가 그 정도에서 깨달으신 것을 다행으로 생각했다. 하느님 원망이 아니고 자신에게 탓을 돌린 것만도 퍽이나 다행한 것이어서 도리어 승호는 안도의 숨을 깊이 내쉬게 되었다. 구원은 자기 자신 속에 있는 것을 어머닌 자꾸 밖에서 찾으려고 했었다. 이틀 후 승호는 소영을 만나지 못한 채 퇴원했다.

소영을 보지 못하고 퇴원한 것이 승호는 마음에 걸렸다. 퇴원한 지 3일째 되던 날 승호가 소영을 문병 왔을 때 소영의 침대에는 노인 할머니 한 분이 누워 계셨다. 보호자인 듯 젊은 며느리가, 여기 있던 그 여학생은 중환자실로 옮겨갔다고 말했다. 아주머니 말에 의하면 소영의 혈액암이란 병은 기적적으로 거의 회복돼 가는데, 다른 기관이 더 나빠서 시한부를 살고 있다고 했다. 자꾸 병원 측에서 고칠 듯이 약을 먹이고 실험을 하더니 시기가 가까웠는지 중환자실로 데려가더라고 했다. 여러 가지가 겹친 중증의 병을 어떻게 고치겠느냐는 것이었다. 중환자실에는 간호사 외엔 어느 누구도 들어갈 수 없었다.

승호는 힘없이 병원을 나왔다. 꽃밭 나무 밑의 조그만 바위에 앉았다. 갑자기 얼굴을 마주 비취는 햇빛이 역겨워졌다. 차라리 어둠이 더 편안했다. 익숙한 어둠이 자신에겐 더 가깝게 느껴졌다.

아저씨 여긴 민들레가 만발했어요. 소영은 민들레를 꺾어 후후 불어댔다.

'남의 발에 밟혀 죽는 저 풀 한 포기도 우리에게 아름다움을 선사하는데 난 아무것도 남기고 갈 것이 없으니……'

민들레는 허망하게 져버렸고 소영의 음성이 먼 구름 위에 실려 둥둥 떠다니는 것만 같았다. 승호는 무슨 일이 있어도 다시 소영을 만나야겠다고 생각했다. 소영일 꼭 만나 보리라.

이틀 뒤 승호는 다시 병원으로 가기 위해 집을 나왔다.

'수녀가 되는 게 꿈이었어요. 남보다 잘난 재주도 없고, 남 위해 봉사도 해보지 못했어요. 그냥, 조용히, 죽음이 찾아오면 고요히 맞이하겠어요. 하느님을 좀 더 일찍 뵐 수 있다는 것이, 그것이 기뻐요. 고통받는 환자들에게 제 몸이 거름이라도 된다면 큰 기쁨이 될 것 같아요. 아저씨, 제 눈으로 세상을 보세요! 그리고 하느님을 믿지 않는 이에게 훌륭한 성경 말씀을 전파해 주세요."

어젯밤 꿈속에서 소영은 홀연히 하얀 옷을 입고 나타나 승호에게 안녕을 고했다.

"하느님은 사랑이에요!"

마지막으로 한 그녀의 말이었다. 멀리 사라지는 소영을 보며 승호는 꿈을 깨었다.

"소영이, 제발 죽지 마. 죽으면 안 돼. 그건 배신이야. 나에 대한 배신이야. 살아만 다오. 네가 살아만 있다면 나의 불구는 아무것도 아닌 것. 너를 앎으로 해서 처음으로 세상에 태어나길 잘했다고 생각했었다…… ."

승호는 병원이 가까워올수록 점점 마음이 다급해졌다. 단숨에 하늘과의 공간을, 도시를 삼킬 듯이 걸었다. 세 번씩이나 행인과 부딪치고 나서, '진정해 이 바보야!'

속에서 외치는 자신의 소리에 정신이 들었다.

중환자실이 있는 5층에서 승강기가 멈추고 승호가 문 밖으로 나오자 복도 끝에서 여자의 통곡소리가 들렸다.

승호는 가슴이 뛰며 이상한 직감에 지팡이를 잡은 손이 떨려 왔다. 하얀 시트로 덮은 침대가 중환자실 쪽에서 밀려 나왔다. 소영아! 소영아……. 소영을 부르며 몸부림치는 어머니의 정을 끊고 소영은 날아가 버렸다.

죽음처럼 무섭도록 냉정한 것이 또 있을까? 이것이 사람 사는 것인가. 이것이 인생이란 것인가……. 승호는 너무도 어이없음에 모든 것이 무너지듯 삶의 기가 꺾였다.

"승호야! 승호야!"

그때, 어디선가 승호를 다급히 부르는 소리가 들렸다. 소리 나는 쪽으로 고개를 돌리니, 복도 끝에서 황여사가 황급히 승호를 부르며 달려왔다.

"너 없는데, 병원서 전화가 와서 내 지금 의사선생님을 만나고 왔다. 눈 기증이 들어왔단다. 환자가 죽기 전부터 안구 기증 서약서를 써놓고 갔단다. 이것이 하느님이 기도를 들어주신 거 아니고 뭐겠니?"

'그런 말씀 하지 마세요, 어머니. 전 이대로가 좋아요. 그만하세요.' 한마디로 잘라버리는 승호를 보며 황여사는 열린 입을 닫지 못했다. 승호는 한마디 덧붙였다.

"포기를 빨리할수록 위장병도 나을 수 있어요."

기가 막혀서 황여사는 복도에 주저앉았다. 가슴이 타들

어 갔다. 각막이식에 사용될 안구는, 기증자가 사망 후 여름에 6시간, 겨울엔 10시간 이내에 적출 하여야 한다는 의사의 목소리가 또렷하게 살아났다. 이식받을 시각장애인은 빠른 시간 안에 검사를 거쳐 수술준비를 마쳐야 했다. 털썩 앉아 통곡하는 황여사의 소리가 병원 전체를 울렸다. 지나던 사람들이 황여사를 일으켰다.

황여사의 소망이 이루어졌다. 승호는 눈 기증을 받아들였다. 소영의 각막을 승호에게로 옮기는 수술은 성공적이었다고 담당 의사는 말했다. 승호는 일주일 후에 퇴원하면서, 처방받은 먹는 약을 시간에 맞추어 먹고, 안약을 정해진 시간에 점안하는 것이 가장 중요하다고 의사로부터 주의를 들었다. 각막이식에 대한 거부 반응도 약해서 나날이 빠르게 호전돼 갔다.

승호는 시력을 찾고 주변 사물을 보게 되었다. 아, 소영아! 네가 나에게 세상을 주고 갔구나. 너는 지금 어디 있니? 네가 있는 곳엔 천사들이 노는 곳이니? 너의 음성이 듣고 싶구나. 책을 읽는 너의 목소리가 들리고 있어. 민들레 씨앗을 불던 너의 입김 소리까지도.

승호의 손은 어느새 주머니 속의 묵주를 쥐었다. 소영

의 체온이 느껴졌다.

한 알, 한 알 짚으며 돌려 보았다. 문득 소녀의 깊은 영혼이 묵주 알 속에 박혀있는 듯했다. 소녀의 할아버지 영혼까지도.

소영아, 너를 한 번도 보진 못했어도 너의 마음과 내 마음이 하나가 되어 기도한다면 하늘나라에서 만날 수 있게 되리라 믿는다. 그것이 성자聖子를 닮은 너의 신앙인 것을. 우리의 몸은 흙으로 돌아가도 우리의 영혼은 죽지 않아!

파란 하늘을 바라보는 승호의 눈에는 눈물이 고였다. 맘껏 부푼 하얀 뭉게구름이 하늘을 타고 흘러가고 있었다. 승호가 다시 보게 된 하늘이었다.

윤 정 옥
소 설 집

그리움은 흐른다

그리움은 흐른다

1.

강마을. 150여 가구가 모여 사는 작은 마을이다. 동네 변죽으로 강이 흐르고 있어서 언제부터인지 사람들은 이곳을 강마을이라고 부른다.

갈참나무와 소나무가 질서 없이 섞여서 강가에 섰고 사람들은 무심히 그곳을 지나다닌다. 가끔 아이들과 강아지가 뛰노는 모습들이 꼭 60년대 도시의 변두리 동네 같기도 하다.

평화롭던 마을에 가끔 외지인이 나타나서 강 위 산언덕에 올라 무심히 강물을 내려다보는 모습을 볼 수 있다. 이런 사람들은 어쩌면 절망적인 고민을 안은 채 추락하고 싶은 충동을 느끼는지도 모를 일이다. 추락에의 유혹을 누르면서 어디론가 사라져 버리는 게 대부분이지만 가끔 강물에 떨어져 허우적대는 것을 건져 올리는 경우도 생긴

다. 건져 올리면 살아나는 사람도 있지만 숨이 끊기는 사람도 더러 있었다.

캄캄한 밤에는 떨어진 사람이 강물 따라 어디론가 흘러간 것을 아무도 모른 채 이튿날 침묵의 강을 사람들은 무심히 지나다닐 뿐이었다.

동네 한편에 밥과 술을 파는 객주집이 하나 있다. 주로 이 동네 사람이 손님으로 온 타지 사람들과 함께 어울려 대접 상 들리는 것이 강 마을 주막이다. 어스름 해질녘에 동네 사내들 술 생각나서 들러야 두어서넛이 들어와서는 소주 두 병에 막걸리 한 되 정도 시키기 일쑤이다. 안주는 두부와 김치면 그만이다. 술이 거나해지면 서로 먼저 계산하기를 기다렸다가 눈치가 보이면 아끼고 아낀 꼬깃꼬깃한 돈을 속주머니에서 꺼내 먹은 값으로 내놓는 것이었다.

근래 개발이니 뭐니 떠도는 소문도 많은데 아직도 사람들은 현대식 건물은 피하고 옛 모습 그대로인 강 마을 주막을 즐겨 찾는다. 동네 사람들은 아직 주막집 주인아낙인 주모의 이름을 모른다. 그냥 편의상 옛부터 여태까지 주모라고만 부를 뿐이다. 동네 경사가 나도, 슬픈 일이 생겨도 으레 사람들은 그 소식을 듣기도 하고 새로운 소식을 전해 주기도 하면서 복덕방처럼 걸쳐 가는 곳이다.

사람마다의 가슴에 새겨진 강 마을 모습은 저마다의 추억이 다르고 어쩐지 쉽게 떠날 수 없을 것 같은 끈적한 정이 든 곳이다. 또한 강 마을 주막이 있는 한 이 마을과의 정을 뗄 수가 없는 것이다. 보름달이 두둥실 하늘 한가운데로 뜨는 밤이면 사람들은 강바람을 쐬러 나오기도 하는데 아이들은 둥근달을 보며 가슴에 미래를 가득 담고, 어른들은 어릴 적 뛰놀던 추억에 젖는다.

　그가 이 강 마을에 다시 나타난 것은 일 년 만이었다. 비쩍 마른 몸에 광대뼈만 도드라져 나온 얼굴, 초점 없는 시선, 추레한 잠바 차림, 혼이 나간 육신에 껍데기만 입혀 놓은 것 같은 몰골. 의욕 없는 표정은 일 년 전이나 지금이나 똑같았다. 어찌 보면 인생을 통달한 것 같기도 했고 어떨 땐 인생을 포기한 사람처럼 보이기도 했다. 자기 자신도 그 내부를 빠져나와 버린 듯한 육신. 이 마을에서 그를 떠돌이 '김씨'라고 부르는 것과 관심 밖의 시선으로 흘깃 쳐다보는 것일 뿐 마을의 모든 사람들이 그를 대접하지 않는 점은 여전히 같았다.

　"아, 뭐혀? 해가 중천에 떴는디 일어나지 않구서. 자고로 아침잠이 읎어야 잘사는 벱여!"

초저녁잠이 많아 아무 데서나 쓰러져 한잠 자고 나서 부지런을 떨며 손발을 쉴 새 없이 놀려야 직성이 풀리는 주모의 소리이다. 새벽이지 싶은데 주모에겐 아침인 것이다. 가영은 하품을 하며 미닫이 방문을 열었다.

"아침부터 누가 술 처먹으러 온다구 그래요? 어젯밤 다 고꾸라졌을 텐데."

"아, 이것아 해장술 준비하려면 배추 다듬어야제, 국물 앉혀야제, 밥도 해야제 할 것이 그리두 읎남?"

이때 문이 덜드륵 열렸다. 그 김씨였다. 돌아보는 주모의 눈에 놀람과 반가움이 겹친다.

"아니, 김씨 아녀? 어쩐 일이여? 다시 왔어? 서울 가서 장갈 들어 잘 사는 줄 알았는디."

"장가는요 무슨."

그가 히쭉 웃더니 구석에 놓인 탁자로 가 앉는다.

"나 소주 한 병만 주쇼."

"암, 주고말고."

"아, 하품하지 말구 언능언능 찌게 얹힌 것 끓으면 가져다 놔."

새벽부터 눈꼽도 안 띠고 술 처먹으러 오는 놈은 부자

될 놈인가? 구시렁거리며 아직 졸리움이 남아있어 엉거주춤 서 있는 가영에게 소리치는 주모. 손님이 오면 늘 조급해지는 주모이다. 아니 손님의 머릿수가 그녀의 머릿속에선 빠르게 돈으로 환산되어진다. 손님 입에서 '빨리 주시오' 재촉 소리만 나면 이윽고 덜드럭 문 열고 나가 버릴 것 같은 불안함에 똥 마려운 강아지 꼴이 된다. 어둠이 내리기 시작해야 하나, 둘 들어오기 시작해서 가영이 손님 상에 앉아 젓가락 장단을 맞추며 유행가를 뽑을 땐 이 선술집 하루가 무르익는 이슥한 밤이었다.

술은 때에 따라 변하는데 누구에겐 안식이 되기도 하고 누구에겐 도피도 되며 누구에겐 카페인처럼 각성제가 되기도 한다. 또 때때로 술은 상처를 헤집어 피 흘리게도 만들고 포기를 시키는가 하면 배짱을 부풀리기도 하며 신명도 만들어 준다. 때론 살기를 돋우기도 하지만. 그런데 헛된 망상만 꿈꾸다 가게 만드는 술을 싫어하는 사람이 별로 없다.

가영에겐 희망과 좌절만을 안겨다 준 술이었다. C도시에서 이 강마을까지 흘러들어 온 지 햇수로 육 년, 이상스럽게도 다른 곳처럼 쉽게 떠나지 못하고 고향인 양 머무르는 곳이 되어버렸다. 또 이 강 마을을 떠난 사람도 오 년

이상을 버티지 못하고 다시 돌아오는 것을 보면 참으로 이상한 끈을 누군가가 매어놓고 풀었다 당겼다 하고 있는 것만 같았다.

"왜 아직도 결혼을 안 했어? 좋은 신랑 만나 이 마을을 떠난 줄 알았더니."

소주병을 들어 술잔에 따르며 김씨가 가영에게 말을 건넨다. 주제에 남 걱정 하남, 비웃음 담긴 얼굴로 가영이 돌아보는데 주모가 잽싸게 가로챈다.

"아, 눈에 뵈는 걸 쫓아야제 뜬구름 잡아 뭘혀? 아랫마을 '마'씨가 좀 좋아? 제일 낫드구먼, 조건이!"

그 말에 눈을 하얗게 흘기는 가영. 가당찮다는 표정이다. 누굴 어떻게 보느냐는 듯이.

"아, 김씨도 알지? 홀아비 마씨 말야, 전실 자식 있다 해도 돈이면 단디 뭔 걱정 있었어? 앞치마 두를 일도 없제, 손에 물 안 담고 사니 좀 좋아? 그 나이 됐으면 내가 갔겠다."

마씨를 놓치기가 애가 탄다는 말투다. 히쭉 웃는 김씨, 아니 김진성씨. 저럴 땐 꼭 순진한 다섯 살박이 표정이다.

"그나저나 김씬 왜 다시 왔는 게야?"

대답 대신 또 히쭉 웃는 진성. 다시 한잔 들이켜는 그는

마치 그것이 답이라도 되는 양 빈 잔을 탁자에 내려놓으며

"강마을이 좋아서요." 한다.

"어이구 웬수…… 으째야 혀?"

순간적으로 주모의 가슴속에서 두터운 '업' 같은 세월의 상처가 스쳐 지나간다. 김이 뽀얗게 뿜어져 나오는 국솥 뚜껑을 한번 들었다 놓으며 주모는 한숨 같은 말을 흘린다.

"그려……. 아까운 청춘 다 바쳐서 보내고 나면 수고했어라 허고 강 귀신이 나와 쓰다듬어 줄 끼여……."

탁자 위에 놓인 파란 소주병에 창문을 통해 들어온 햇살이 여과 없이 통과하니 조금 남은 술이 더욱 투명해진다. 다시 한잔 따라 붓는 진성의 손이 병 속의 남은 술만큼이나 허약해 보인다.

2.

검은 물결이 일렁였다. 달도 뜨지 않았다. 어둠 속에서 들리는 새소리와 물소리가 함께 어우러져 묘한 화음을 냈다. 멀리 서 있는 산속의 나무들은 장정인 양 버티어 서 있

는 것도 같았고 바람에 으스스 몸을 추스리는 것도 같았다.

어디선가 발자욱 소리가 들리는 듯했다. 정적 속에서는 동물의 소리보다 인간의 소리가 더 무섭다더니 신경이 곤두세워졌다. 머리끝이 쭈뼛해 옴을 느끼며 가영은 남은 소주 반병을 한 번에 다 마셔 버렸다. 알콜의 화끈거림이 무섬증을 조금 가시게 했다.

변함없이 흐르는 물소리. 언제부턴가 물은 어느새 가슴속을 타고 흐르고 있었다. 언제였던가. 저 소리를 들었던 때가―.

파란 하늘을 타고 흐르는 하얀 구름.

"엄마, 저 구름은 자꾸 어디로 가노?"

"그냥 흘러간다."

"그냥 흘러 어디로 가노?"

"비가 되어서 내리기도 한다."

"그럼 하느님이 비를 뿌려 준 게 아이네."

"……."

"엄만 와 거짓말 했노?"

"뭘 말이가?"

"비는 하느님이 내려준다 카믄서?"

"니는 맨날 뭘 그리 꼬치꼬치 물어 쌌노? 지집아, 대충 듣는 것이 없데이, 성가시게."

엄마는 경숙의 손목을 세게 잡아당겼다. 갑자기 빨라진 엄마 걸음에 경숙은 고꾸라질듯하며 딸려간다. 성난 듯 자신의 손목을 잡고 허둥지둥 걷는 엄마의 얼굴을 곁눈질해본다. 무언가에 정신이 팔린 사람 같다. 구름이 가는 곳 끝까지 묻고 싶었으나 엄마의 굳은 표정이 다섯 살 경숙의 입을 다물게 했다.

"엄마, 좀 천천히 가제이."

숨을 할딱이며 겨우 말을 했을 때 엄마의 뺨에서는 굵은 물줄기가 흘러내리고 있었다. 광대뼈 밑을 흘러내리는 눈물이 지는 햇살에 반사되어 반짝 빛나는 것이 경숙은 구슬처럼 영롱하게 느껴질 뿐이었다. 엄만 언제나 저렇게 자주 눈물을 흘렸으니까.

"경숙아!"

"응?"

"니, 밥 배불리 먹여주고 예쁜 때때옷 입혀 주고카믄 엄마 없이도 살 수 있제?"

"인형도 사주나?"

"그럼, 사주고말고."

"새 옷 입고 인형 갖고 놀고 있으면 엄마가 데리러 올 기가?"

"……."

"응? 엄마 말해봐."

"경숙이가 이다음 커지면 그때 만난다. 엄마하고……."

"몇 밤 자야 내가 커지는데?"

"백 밤만 자면 된다."

"그게 얼마큼인데? 하늘만큼이가?"

"그래……."

엄만 어둠보다도 더 짙은 한숨을 뱉어냈다. 텅 빈 들녘 엔 어둠이 스며들기 시작했다. 논둑길을 걷는 엄마의 걸음이 더욱 빨라졌다. 엄마는 소맷자락으로 눈물을 닦고 코를 훔쳤다.

나루터에 도착했을 땐 사공이 하루 일을 끝내고 막 목선을 매어두고 있던 참이었다.

"저 보이소 아저씨, 저 좀 건네주이소."

사공은 귀찮은 듯 엄마를 올려다봤다. 젊은 여인 '염순희'와 초롱초롱한 경숙의 눈빛을 보던 사공은 말했다.

"급한 일 아니면 내일 일찍 가시지요."

"아니라예, 오늘 꼭 가야해예. 내 웃돈은 더 드릴끼께가 주이소."

엄마는 간절히 부탁했다.

"조금만 더 일찍 오시지⋯⋯. 웃돈은 필요 없소이다."

구레나룻이 난 맘 좋게 생긴 아저씨는 말뚝에서 밧줄을 풀었다. 가난이 흘러 보이는 옷차림 때문이었을까? 사공은 큰 인심을 썼다. 아아, 그때 사공이 박절히 거절했더라면 되돌아와서 하룻밤 사이 엄마의 마음에 변화가 왔을지도 모르고, 굶어 죽더라도 엄마의 체취를 맡아가며 살아갔을지도 모를 일인데⋯⋯.

사공이 어두워 오는 강가를 가로질러 갔다. 배에 몸을 맡긴 엄마의 몸은 배가 흔들어 주는 대로 가늘게 흔들렸다. 눈을 감고 있었다. 그녀의 고개가 자꾸 반복해서 까딱까딱여졌다. 배가 흔들어 주는 것인지 그녀가 배의 흔들림에 고개를 까딱여 맞춰 주는지 알 수 없었다. 그때마다 그녀는,

— 오냐, 오냐, 오냐, 잘하는 거다. 푸짐한 쌀밥에 실컷 먹고 뜨신 아랫목에서 자고 고운 옷 입고 귀하게 크거라, 돈! 돈이 웬수지! 내 꼭 이 웬수를 갚고야 말낀께.—

까딱여지는 고개에 맞춰 그녀는 속으로 그렇게 장단을 맞추었다. 어둠이 베이기 시작하는 강 위에서 흐르는 물

소릴 들으며 신기한 듯 경숙은 물결을 내려다보고 있었다. 육중하지도 가볍지도 않은 물소리. 언제까지나 그렇게 세상과는 무관하게 흐르는 저 소리.

가영은 가까운 인기척에 화들짝 놀랐다. 진성이었다. 깜깜한 공간에서 담뱃불만 빨갛게 공중에 떠 있었다. 어둠 속에서도 그의 모습이 환히 떠올려졌다. 가까이 대해 본 적은 없어도 그가 나쁜 짓 했다는 소문은 들어본 적이 없었다. 가영은 그 점에 본능적으로 안심이 됐는지 그에 대한 두려움은 없다.

강바람을 쐬며 자갈 위에 누워 자기도 하고 어떨 땐 나무 그늘 아래서 신문으로 얼굴을 가린 채 누워있기도 했다. 몸은 몸대로 정신은 정신대로 따로 뒹구는 육신. 무얼까. 그를 그토록이나 버려두게 한 것은…….

칠흑 같은 어둠이라더니 어둠이 짙을수록 더 빛나는 별이다.

"오늘 영업은 안 해? 왜 여기에 나왔어?"

"그런 김씨는 왜 맨날 여기에 와 있어요?"

"나야 떠돌이 김씨니까."

자조의 웃음이 담뱃불에 스쳤다.

"김씨도 이렇게 맨정신으로 지낼 때가 있어요?"

"가영이가 영업 안 하는 날이 술을 안 먹는 날이 되듯이 나도 가끔 그런 날이 있지."

그때 희끗, 배가 하얀 새가 옆 나무로 옮겨 앉는 모습이 보였다. 물소리는 여전하다. 물은 수평을 이루기 위해 분주히 흐르지만 절대 스스로 멈추지는 못한다. 지형이 수평이 되면 그땐 멈출 것이다. 그때가 그때가 언제쯤이 될까?

"새옷 입고 인형 갖고 놀고 있으면 엄마가 데리러 올끼가?"

"……."

"응? 엄마 말해봐라."

육중하지도 가볍지도 않은 물소리. 언제까지나 그렇게 세상과는 무관하게 흐르는 저 소리.

머리 풀은 귀신의 긴 머리칼같이 버들잎이 바람에 흔들린다. 진성이 그 나뭇가지를 잡아당겨 꺾는다.

"나 같은 사람은 추억을 먹고 살기 위해 술을 찾지."

"잊어버리면 안 될 추억이 있나보죠?"

"……."

"난 잊어버리기 위해 술을 찾는데."

"잊어버려야 할 기억 때문에 술을 찾는다⋯⋯."

복습하듯 되뇌는 진성.

"술을 털어 넣고 나면 모든 것이 다 잘 될 것만 같고 모든 것을 다 용서할 수 있을 것만 같아."

진성은 그리운 사람을 이야기하듯 중얼거렸다. 가끔 잔잔한 바람이 나뭇잎을 스친다. 진성의 가슴속에서도 스치는 바람소리가 들리는 듯하다.

3.

"야, 이년아, 네년이 뭔데 십 오년 간 살아온 곱돌네를 이혼시켜 응?"

"아휴, 아니어유."

악을 써 대는 수원댁의 억울한 소리에 경숙은 무엇으로도 증명할 수 없는 것이 안타까워 아니라고만 소리쳤으나 가슴이 탔다.

"아니긴 뭐가 아녀 이년아. 애미년이 기생년이니 그년에 그 딸인 게지."

"왜 엄니는 들먹거려유? 기생이나 재취나 거기서 거기지유. 일부종사 아닌 다음에야."

경숙은 자신의 어머니를 욕보이는 것은 무엇보다 참을 수 없다.

"저, 저년 저 말버릇 좀 보게. 썩 꺼지지 못해? 이년!"

계모 수원댁은 악이 바쳐 경숙의 머리를 쥐어뜯는다. 비명을 지르며 도망치는 경숙을 쫓아가다 들어오던 남편 도갑과 맞부딪친다.

"또 전장이여? 왜 맨날 애는 들 볶구 그려?"

"동네 챙피해서 어디 밖에 나가겠어요? 당신은 소문도 못 들었수?"

"곱돌 아부지가 읍에서 만났는데 짜장면을 사 주더구먼유."

경숙은 그제서야 설움이 복받쳐 눈물이 흐른다.

"거 아무나 사줘두 다 따라 갈끼여? 어허 참, 말 만한 지집애가 저리 철이 없으니. 이 동네 유명한 난봉꾼인디."

"누굴 원망하겠어요? 그 기집에 그 딸이요. 그 아버지……."

"아니 뭐여? 이 여편네가 증말."

때릴 듯 싸리 빗자루를 집어 들며 노기등등한 도갑은

수원댁을 쏘아본다.

"곱돌네 이혼을 왜 나하구 결부시켜유?"

멀리서서 변명하듯 흩어진 머리채를 추스리며 말하는 경숙의 눈이 황망하다.

"시끄러! 뭘 잘 했다구……."

경숙은 그날 밤 머리를 감는데 한 움큼 머리칼이 잡힐 정도로 뽑혔다. 분하기도 하고 뽑힌 머리칼만큼이나 억울하기도 했다. 거실에서 아버지 도갑의 전화 내용이 욕실 문 틈 사이로 들렸다. 상대는 서울 사는 작은아버지 진갑이다.

"진갑이냐? 내다. 경숙이를 네가 좀 맡아줘야 쓰겄다. 아무래도 제 어미하고 맞질 않아요."

"형님! 신중히 생각하셔야죠. 또 무슨 일이 생겼습니까?"

"이젠 신중이고 뭐고 없다. 동네 챙피스러워서 원, 왜? 싫으냐? 대신 논마지기 좀 떼 주마."

"그게 무슨 소용입니까? 숙영이 입시공부에 지장 있을까봐 그러죠."

"한 일 년만 데리고 있어다오. 그동안 미용기술 가르쳐서 미용실을 하나 차려주든지, 좋은 놈 있으면 시집보낼 테니까."

쩝쩝 다시는 진갑의 입맛이 쓰다.

그렇게 해서 이튿날 서울로 올라온 경숙은 석 달 동안 작은집에 머무르다 아주 나와버리고 말았다. 거기도 있을 곳이 못됨을 알았다.

아버지 진도갑은 경상도 여자를 만나 여자애를 낳았다. 떼어 달랄 때 죽어도 새끼만은 못준다고 끼고 살다가 경숙이 다섯 살 먹었을 때 제 아버지 찾아 주어버린 경상도 엄마 '염순희'를 경숙은 또렷이 기억한다. 강물을 건네주던 사공 아저씨의 검은 구레나룻 수염까지.

그녀는 가끔 장날이면 곱돌아버지가 사주는 짜장면 맛을 잊을 수가 없었다. 머리핀, 손수건, 책, 스타킹, 티셔츠까지 사준 물건들이 소중하게 아끼는 물건이 되었다. 그것만 가방에 쑤셔 넣어갖고 다니는 재산목록 1호였다.

곱돌아버지는 왜 바람둥이란 별명이 붙었을까. 내겐 바람둥이 짓 한 것 없는데……. 경숙은 중얼거린다.

책방에서 책을 골라주던 곱돌아버지의 모습은 따뜻한 기억으로 경숙의 머릿속에 사진처럼 박혀있다. 정이 그리운 경숙에게 곱돌아버지는 친아버지 같았고 어머니 같았고 때론 집안의 큰 오빠처럼 엄숙한 표정으로 타이르기도 했다. 의지할 곳 없이 부유하던 경숙에게 기대고픈 버팀

목이 돼주었다.

가을이면 뒷산의 임자 없는 밤나무를 털어 밤도 줍고 도토리도 주웠다. 가을의 한나절 햇살이 비치는 산소에 등을 대고 앉아 경숙이 싸온 김밥을 먹으며 아저씬 김동인의 '감자'며 염상섭의 '표본실의 청개구리'며 김동리의 '무녀도'를 이야기해 주었다. 그런 날은 배부른 돼지에 철학자가 되어 산을 내려왔다.

밟히는 낙엽소리가 여느 날과 달랐다. 따뜻한 햇살에 잠자리가 춤을 추고 익어가는 빨간 감이, 떨어진 대추가, 노란 은행잎이 가슴을 풍성하게 해주었고 그런 평화에 겸손하게 감사의 마음을 갖지 않는다면 벌 받을 것 같았다. 어쩌면 자연까지도 자신의 마음을 선명히 나타내 주는 걸까. 경숙은 따뜻한 곱돌아저씨의 손의 감촉을 잊을 수가 없다. 그런 날은 손도 씻지 않고 잠들었다.

그런데 곱돌아저씨는 왜 이혼을 했을까? 정말 동네 소문대로 자신 때문이었을까? 경숙은 가끔씩 바람처럼 어디론가 사라져 두 달 석 달 만에 나타나기도 한 아저씨가 정말 궁금했다. 간첩일지도 모른다더니 아니 옥살이도 했다더니 그 소문도 정말일까? 아, 그게 무슨 상관이람? 그립다. 지금 어디 계시는 걸까? 경숙은 아저씨 안 계실 때

동네를 떠나온 것이 못내 마음에 밟힌다.

"내일 내가 읍에 나가서 가영이에게 맛있는 밥 사줄까?"

<가영이! 가영이! 그래 가영이었지. 내가> 가영은 퍼뜩 현실로 돌아와졌다.

"김씨가 무슨 돈으로?"

"왜? 돈 없을 것 같아? 그런 걱정 붙들어 매셔. 내겐 전부 필요 없는 돈이야."

"필요 없는 돈이 어딨어요?"

"점심때도 바쁜가?"

"저녁이 바쁘죠. 영업 시작 전 점심때가 좋아요."

"좋아, 버스 정류소에서 만나."

이 동네에서 유일하게 김진성씨 만이 가영을 술집 여자로 취급하지 않는 것 같다. 술을 마셔도 혼자 따라서 혼자 마신다. 옆에 가영을 앉혀놓고 손을 잡고 가슴을 주무르고 싶어 안달하는 뭇 사내들과는 다르다. 가끔 그는 순수한 소년 같기도 하다.

이튿날 마침 장날인 읍은 부산스럽다. 비좁은 장터에 앉아 길가는 사람들을 불러 한 움큼 더 집어서 됫박 위에 얹혀 놓는 시골 아낙들. 장터엔 잡곡부터 나물까지, 고양이 새끼도 있고 토종 강아지도 있었다. 진성과 가영은 강아지를 안아보고 쓰다듬어 준다. 그중 가장 힘이 세 보이는 하얀 복실 강아지 한 마리를 고른다. 두 사람은 짓궂은 초등학생 같이 장터 골목골목을 누비고 다녔다. 빈대떡집으로 들어섰다. 진성은 막걸리를 주문하고 음식이 나올 동안 둘은 강아지에 정신이 팔려 혼을 놓친 사람들 같다.

진성은 강아지와 행복하게 살던 아내를 떠올린다. 가영은 싸리 울타리와 누런 복실 강아지를 안고 골목으로 나와 아이들에게 휩싸여 복실이의 영리함을 자랑하던 생각이 난다. 먹을 것을 상에 놓고서도 진성과 가영은 서로 강아지를 안으려고 빼앗는다.

시장에서 돌아오는 길에 진성은 자기 집에 들렀다 가지 않겠느냐고 가영에게 물었다. 집이래야 방 한 칸과 창고뿐이라며 진성은 가영을 안내했다. 밭둑 사이로 난 길을 걸어 들어가다 약수터가 있는 곳에서 왼쪽으로 꺾어들면 감나무가 있는 시골집이었다. 가영은 호기심에 방 옆에 딸린 창고 문을 열고 들여다보았다. 아무것도 없는 곳에 커다란 화판과 그림도구들이 한쪽 벽에 가지런히 놓여 있었다.

"들어와."

가영은 진성을 따라 방으로 들어갔다. 방안에는 다기와 서랍장만이 달랑 놓여 있었다. 눈에 들어온 것은 완성된 그림 세 개가 벽에 걸려 있었고 한 개는 좀 큰 것으로 걸려 있는 액자 아래에 기대어 세워놓았다.

가영은 그림을 들여다보았다. 전부 남색 계통의 그림이 었는데 서양화로 어디서 본 듯 많이 익숙한 외국풍경 같기도 한 그림들이었다. 가영은 그림에서 황량한 바람이 일어나듯 텅 빈 공허가 느껴졌다. 빈틈없이 가득 찬 구도와 색에서 왜 그런 느낌이 들었는지 모른다.

그림. 하나 ─ 추억 ─

골목이 있고 한 사내가 회색 콘크리트 벽 안에서 어디로 가야 하나 하는 표정으로 망연자실하게 서 있었다. 중절모까지 쓴 허름한 신사복 차림의 중년 사내였다. 그 사내 뒤로 멀리 뾰족한 교회 지붕마루가 보였다. '예수 믿으면 천당 가요' 하고 외치듯 종소리가 골목으로 퍼지는 것 같았다. 어딘지 어수선하면서도 허전한 느낌이 들었다. 그림 속의 사내는 폐허에서의 고독 같은 걸 느끼는 듯했다.

그림. 둘 ─ 간이역 ─

살찌고 잎이 많이 달린 풍성한 나무가 두둥실 날아오를 듯 동트는 새벽의 어두움 속에 서 있었는데 나무 뒤에는 초등학생이 그린 듯, 촌스런 1층 양옥에 간이역이란 간판이 붙어 있었다. 역의 색깔은 노란색과 분홍, 파랑이 희망적으로 섞여 있었다. 꿈꾸는 간이역이라고 제목을 달았으면 더 어울릴 것 같았다.

그림. 셋 ─ 아이들 ─

그의 그림에서는 남빛 나는 푸른색이 주조를 이루었다. 저녁이라 햇살이 붉은빛이 도는데도 불꽃놀이 하는 벌거벗은 아이들만 살색이고 멀리 서 있는 빌딩 숲들도 푸른색이요, 건물도 회색빛, 불꽃조차도 시원찮은 벽돌색으로 꺼져가는 모습이었다. 우울이 그림 전체를 지배했다.

그림. 넷 ─ 카페에서 ─

외국의 어느 노천카페인지 파라솔 밑에 사람들이 탁자를 둘러싸고 앉아있는데 처음으로 밝은 모습을 담았다. 앞치마를 두른 여인이 주문을 받는지 탁자에 앉은 남자와 서로 마주 쳐다보고 있었다. 탁자 세 개에 따로 앉아있는 사람들은 제각각 딴 세상을 꿈꾸는 듯 다른 이야기를 하고 있는 것처럼 보였다. 역시 푸른색 바탕이었다.

"이것 다 강 마을에 살면서 그린 것이에요?"

"노천카페 하나만 빼고는 다 여기 있을 때 그린 거야. 여기 다시 오기 전에 그렸던 것들이야."

"그런데 난 그림을 잘 모르지만 왜 이렇게 허전함이 손에 잡힐 듯 느껴지죠?"

"모르지, 그건 나도. 열심히 그렸는데 내 마음이 들켜 버렸는지도."

"요샌 안 그려요?"

"……."

"계속 작업을 하시지 그래요?"

"손이 굳어서 될는지 몰라. 쉬었던 사람들 원래대로 되려면 1년 정도 걸린다는데."

"가영이 모습 하나 그릴까?"

"내 속마음 들키면 어쩌려구요?"

"하하하하……. 가영인 들키면 안 될 비밀이 많나?"

"비밀은 아니지만 전시하고 싶은 맘은 없죠."

"알았어. 아무 때고 스케치 해달라면 그건 쉽게 해줄 수 있어."

"그림 중 하나 줄 수 없어요?"

"맘에 드는 게 없어서. 창고에 있는 것에서도 골라봐."

둘은 광속의 그림들을 뒤적이며 감상한다. 방안 그림들과는 달리 주로 희망과 행복이 바탕에 깔려있음이 눈에 들어온다.

"이건 언제 그린 거죠?"

"서울 집에 있을 때. 몇 점만 갖고 왔어."

"다시 이렇게 밝은 모습들을 그려봐요, 왠지 방안에 그림들은 어둡고 희망 없는 것처럼 느껴져서요."

아아, 진성씨는 그림에 더욱 파고들어 내면 깊숙이 파묻힌 그의 영혼을 불러내어 한바탕 굿이라도 하듯 춤을 추어대야 할 것만 같았다. 그러면 그의 병든 혼은 치유될 수 있을까. 갑자기 가영의 가슴 속에 맑은 물이 솟아올라 깊은 우물을 가득 채울 것만 같았다. 그것만이 유일한 방법이 될 것 같다는 생각이 섬광처럼 가영의 머리를 스쳤다.

썩어가는 가슴 속에 숨어있는 맑은 물. 숨죽이고 눈감고 있으면 맑게 흐르는 저 물소리. 밑바닥을 흐르는 저 소리. 청량한 샘물을 덮고 있는 혼탁한 물소리를 거둬내 줘야 한다. 그렇게 해야만 한다. 그래야만 진성씨가 살아날 수 있다. 가영은 그 믿음에 확고한 신념이 섰고 그 신념에 진저리를 쳤다.

진성은 그의 그림이 인쇄된 팜플렛을 보여주었다. 전시회에 내놨던 작품으로 미술평론가는 내면의 풍경을 담아내는 그의 작품은 관념적이고 때로는 몽환적으로 다가 오기도 한다고 적고 있으나 가영은 사실적 표현에서 허무가 느껴지는 것이었다. 영혼끼리 모여 사는 동네가 있어 어디서 불어오는 지도 모르는 바람이 그들을 쓸며 가고 있었다. 가슴이 싸아한 그 느낌은 전체적으로 느껴지는 그의 그림의 특징이었다.

진성이 사준 강아지를 안고 한 손에 사료를 들고 오니 주모는 눈을 부릅뜬다.

"아니, 웬 강아지?"

"제가 기를 거예요. 버리는 밥도 아까운데 잘됐죠 뭐."

"환장허겄네. 김씨가 사줬어?"

"네."

"마씨가 사줬다면 또 몰라."

"……."

호랑이 제말 하면 온다더니 마씨가 멀리서 슬렁슬렁 걸

어오고 있다.

"안녕들 하시오?"

"오랜만에 오시는구먼. 그래 별일 없구?"

주모는 마씨를 반긴다.

"웬 복실이?"

주모는 가영에게 눈을 꿈쩍 하며

"내가 한 마리 얻어 왔수. 예쁘지?" 한다.

"나 줘요. 내가 기를께."

"안 돼요!"

가영의 너무 큰소리에 놀란 눈빛이 되는 마씨.

"우리 애들이 강아지를 원체 이뻐해서 그래. 안 그래도 한 마리 어디서 구하나 했거던?"

"장에 가면 얼마든지 있어요!"

뺏어 갈까봐 강아지를 안고 홱 안으로 들어가 버리는 가영.

이른 저녁의 선술집은 덜 익은 감인양 떫은맛이 난다. 좀 더 이슥해서야 분위기가 무르익는 것이다.

마씨는 가영을 옆에 앉히고 그녀의 손을 쥔 채 놓을 줄 모른다. 잠시도 떼어놓을 수가 없다. 물론 다른 방에는 들어가지도 못하게 한다. 그만큼 매상을 올려 보상도 해주므로 주모는 마씨의 비위를 건드릴세라 똥마려운 강아지 꼴이 된다.

가영은 연신 방문을 열고 강아지를 살피느라 시선이 밖으로만 꽂혀있다.

"강아지 이름 지었어?"

"아뇨, 아직 못 지었어요."

"자, 한잔 받어."

마씨는 가영의 술잔에 술을 부으며

"해피, 어떨까? 아니, 참 암놈이야?" 묻는다.

"네."

"공주라고 할까 봐요."

"공주? 하하하 그것 괜찮군."

그 날 마씨는 가영을 데리고 나가고 싶어했다. 영업 끝나길 기다리는 동안 지루했다. 가영이 손님에게 웃는 모습은 여전히 귀엽고 탐스러웠다. 그러나 전에 없이 어딘지 싸늘한 바람이 이는 것은 자신에게 거부의 깃발을 든 것처럼 부정적인 느낌이 왔다.

마씨는 뺨에 살이 있어 후덕해 보이는 인상과 잘 웃는 착한 면이 있는 가영이 자기 아들, 딸을 잘 보살필 것 같아서 가영과 결혼해서 집에 들어앉히고 싶다. 술집 아가씨 출신이기는 하나 턱없이 맑은 면이 순진해 보일 때가 더 많다.

4.

　마씨가 가영의 주위에서 맴돈다는 것을 안 김씨와 가영의 김씨를 보는 눈이 따뜻한 시선이라는 것을 안 마씨는 미묘한 갈등에 얽혀갔다. 풀끼 없는 떠돌이 김씨가 마씨의 눈에 우습게 보이는 것은 물론이다.

　김씨는 잠깐 들었던 가영의 불우했던 어린 시절이 떠올라 문득문득 가엾다는 생각이 들었다. 이웃동네 순박한 시골처녀 같은 인상만 갖고 있을 뿐 전혀 술 따르는 여자처럼 보이지 않는 것은 마치 막내 여동생 같은 이미지 때문이었을까? 환경이 그녀를 그렇게 만든 것이지 그녀 자신이 화냥기가 있어 스스로 술집에 나온 것은 아니다.

　주모는, 막노동부터 시작해서 건설회사 현장감독으로 뛰다가 지금은 작지만 어엿한 건설회사 사장이 된 마씨가 믿음직스럽고 돈도 좀 모았다는 풍문이 더욱 안심을 주었다. 가영이 저 철없는 것이 어쩐지 마씨한테는 쌀쌀하고 일이 일찍 끝난 날에는 강아지를 데리고 김씨와 꼭 강가로 산책을 나가는 것이 어째 심상치 않아 보여 불안했다.

"돈이면 단디 또 없는 놈 만나 고생을 바가지로 하고 중년에 고달프고 노년에 불우해 질려고 하능감? 결사반대해야 혀. 암만, 그렇구말구."

주모는 솥에 물을 부어 누룽지를 긁어모으며 구시렁거린다.

바람이 이는 강가 자갈밭에 앉아있는 가영의 무릎을 베고 누운 진성은 강아지를 안고 잠들어 있다. 이럴 때의 강물은 평화롭다. 풀밭 위에 앉아있는 곱돌네 아저씨의 무릎을 베고 잠들었던 날의 오후 햇살같이 진성의 따뜻한 체온이 느껴진다. 여학교 미술 선생이었다던 김진성씨.

어느 날 퇴근길에 한잔하자며 잡아끌던 동료도 따돌리고 진성은 신혼의 아내가 기다리고 있을 집으로 곧장 들어왔다. 아내는 대문의 초인종 소리도 듣지 못할 정도로 잠이 든 것일까. 열쇠를 넣어 문을 따고 들어와 현관문을 열었다.

현관에 자기 것이 아닌 낯선 남자의 신발이 놓여 있었다. 거실 탁자엔 두 개의 커피잔이 놓여 있었고 이상한 정적이 흘렀다. 퍼뜩 스치는 예감에 안방 문을 열었을 때 미친 듯 몸부림치는 남자의 벌거벗은 등이 보였고 그 충격으로 남자의 몸 아래 누워있는 아내의 표정은 혼절인지 무아지경인지 구분할 수 없었다. 진성은 그대로 뛰쳐나왔다. 그날로 집을 나와 들어가지 않았다. 충격을 삭히기 위해 정신치료를 받았다. 이어서 아내의 가출을 알았고 집을 나간 지 한 달 뒤 이곳 강가에서 실종되었음을 경찰이 알려왔다.

경찰은 진성의 아내는 사고가 아닌 자살로 잠정적 결론을 내렸다. 아내의 신발과 소지품이 반듯이 정돈되어 강가에 놓여 있는 것을 보고 자살하는 사람만의 특징이라며 증거로 삼았다. 유서는 없었다.

둘이 다정하게 마신 찻잔 하나의 주인공은 누구였을까? 그것 때문에 진성은 강간이 아닌 간통으로 알고 오해를 했던 것이다. 강간범이 여유 있게 둘이 차를 마신 뒤 행위를 한단 말인가? 오해는 아내의 자살로 이어졌다. 아내는 피가 마르게 하루하루 기다려도 끝내 돌아오지 않는 남편 진성이 자신을 버린 것으로 단정 짓게 되었다.

아내는 외판원의 책을 사주게 되었고 그는 이야기 도중 동향이며 초등학교 동창생임을 알았다. 커피를 마시고 교도소에서 바로 나온 외판원 동창생은 호의를 베풀어 물건을 사주는 동창생인 아내를 강간하기에 이르렀다. 분명 강간이었음에도 퇴근 후 보았던 그들의 정사는 진성에게 화간으로 보이기에 충분하였다.

아내의 실종은 살아서 나타나든, 시신으로 나타나든 둘 중 하나였다. 다만 자살 쪽이 더 혐의가 짙었다. 모든 것을 자포자기한 진성은 아내의 시신이라도 건지고 싶었다. 사랑했던 아내였다. 자신의 잘못을 빌고 용서받고 싶었다.

혹시나 하는 마음은 만남에 대한 희망이었고 진성은 이 강 마을을 떠날 수 없었다. 세월이 가며 희망에 대한 믿음은 점점 퇴색 되어갔고 사랑과 죽음과 회한은 한 인간을 절망으로 몰아넣었다.

가영은 진성의 이야기를 들으며 그때 은파를 보았다. 햇살이 별처럼 부서지며 물의 굴곡마다 여기저기서 은파가 생겨났다. 문득 그때가 떠올랐다. 순수했던 곱돌네 아저씨와 자기를 동네에서 이상하게 소문을 낸 것이다.

안으로 열정을 삼키며 흐르던 강은 표현하지 못하는 자신을 대변하듯 답답하게 흘러가고만 있었다. 진성에게 무엇으로도 위로해주지 못하는 능력 없는 자신이 물과 함께 흐르고 있었다.

가영은 진성의 머릿결을 쓰다듬었다. 공주가 먼저 깨어

났다. 공주가 고개를 흔들자 목에 건 딸랑 방울이 소리를 냈다. 진성이 눈을 뜨며 돌연 가영의 어깨를 끌어당겼다. 가영의 머리를 자신의 가슴에 묻었다. 바람이 두 사람의 어깨를 스치고 지나갔다. 버들가지와 가영의 머리가 한 방향으로 나풀거렸다.

"내가 김씨의 죽은 부인 대역을 할게, 김씨가 곱돌 아저 씨가 되어요."

"……?"

"김씨에겐 부인의 환영보다 더 위로가 돼줄 사람이 없 을 것 같아요."

"그럼 가영에겐 곱돌아저씨 보다 더 좋은 사람이 나타 나지 않을까?"

"그럴 거예요."

김씨는 작은 돌멩이를 주워 물수제비를 떴다. 공주가 날아서 물 위를 튀고 있는 돌멩이를 보며 짖었다. 장난을 알고 있다는 듯 꼬리를 쳤다. 뜨고 있는 파문은 돌멩이의 진실을 안다.

5.

"씨팔!"

마씨가 가까이 오자 공주가 짖어댔다. 공주는 마씨만 나타나면 짖어댄다. 며칠 전 공사 입찰경쟁에서 떨어진 모양이다.

"이놈의 개새끼, 재수 없게."

마씨가 발길로 공주를 걷어찼다. 공주는 깨갱 소리를 지르며 뒤꽁무니를 옴추리고 피해갔다. 마씨는 경쟁에서 떨어진 분풀이를 강아지에게 해댔다. 주모는 가영이 못 본 걸 내심 다행으로 여겼다. 강아지 비명소리를 듣자 가슴 밑바닥에서 묵직한 응어리가 터져 나오려는 걸 어금니를 물고 못 본 채 했다. 눈으로 가영을 찾던 마씨는 묻는다.

"가영인 어데 갔소?"

"덥다고 강바람 쐰다고 방금 나갔는디 올 거유."

"에잇, 되는 일이 없어."

마씨도 가영과 진성에 대한 소문을 듣고 확인하고 싶던 차였다.

마씨가 덜드륵 문을 연다.

"아니, 마씨 어디가게?"

주모의 마음이 불안해진다.

"바람 좀 쐬고 좀 있다 오겠소."

강가로 나온 마씨는 진성과 가영이 같이 있음을 보았다. 그들의 모습은 근접하기 어려울 만큼 두터운 벽으로 울타리를 친 것 같았다. 단단히 쌓아올린 벽은 아무도 깨트릴 수 없어 보였다. 패자의 실망이 마씨를 폭발하게 했다. 분노와 질투가 진성을 두들겨 팼다. 진성은 자갈밭에 쓰러졌고 마씨는 쓰러진 진성을 보며 그래도 분이 안 풀렸는지 강가의 큰 돌멩이를 들어 진성을 내리쳤다. 검붉은 피가 진성의 머리에서 뿜어져 나왔다. 가영은 발을 동동 굴렀으나 119 구급차는 소리만 요란했지 느릿하게 다가와서 진성을 싣고 응급실로 갔다. 마씨는 구속되었다. 다음날 담당 의사는 가영에게 엑스레이 사진을 보며 알아듣기 쉽게 설명을 해주었다.

"뇌좌상으로 뇌조직이 멍든 상태입니다. 뇌진탕보다 심각하고 지금으로 봐서는 경막하혈종이 나타나진 않지만 영구적인 뇌손상이 될 수도 있습니다."

진성은 미래가 불투명한 채 입원실로 옮겨졌다. 가영은 진성을 간호하기 시작했다.

가영은 주모의 눈치를 보며 매일같이 죽을 쑤었다.

"흥! 또 죽 쒀?"

"그럼 어떡해요? 진성씨가 소화를 못시키는 걸."

"차암, 열녀 났다, 열녀 났어!"

주모는 보자기를 펼쳐 준다. 가영은 맛있게 쑤어진 죽을 보온 통에 담고 찬합에 나물과 멸치 볶음, 계란말이도 넣었다. 보자기로 꾸린다.

"이리 줘."

"……?"

"가자!"

"됐어요. 금방 올게요. 걱정마시구 계세요."

"일 없어."

도시락 보자기를 든 주모는 덜드럭 문을 열고 먼저 앞장을 선다. 가영은 불안하다. 진성에게 싫은 소리를 할 모양인가?

시골 병원 병실엔 진성과 또 한 사람뿐이었다. 진성은 휠체어에 앉은 채 창가에서 넘어가는 해를 보고 있었다. 진성은 이미 자신이 없었다. 오랜 세월 동안 아무렇게나 버려둔 몸이 회복키 어려움을 알았다. 공연히 가영에게 또 하나의 슬픔을 얹혀줄 수 없었다. 어린아이 같은 단순한 계산이 진성의 머리를 지배했다.

문소리가 들리고, 들어오는 주모를 본 진성은 의아해서 두 사람을 바라본다.

"몸은 좀 괜찮어?"

"……어쩐 일이세요?"

"어쩐 일은 무슨, 궁금해서 왔지……."

휴, 한숨을 쉬는 주모. 가영은 찬합을 싼 보자기를 푼다.

"내 강 마을에 흘러온 지 벌써 30년 됐네. 애 업은 채 산꼭대기에서 강물에 떨어지려고 모진 맘먹고 치마폭을 뒤집어썼어. 구타에 애까지 팽개치고 돌보지 않는 술주정뱅이 놈을 믿고 살 수가 있어야제. 사람은 한 가닥 희망이 남아 있으면 그걸 산신처럼 믿고 죽지는 않네. 끝까지 희망이 안 보일 때 그땐 죽음을 생각하제. 모진 목숨이라 떨어지는 걸 누군가 봤단 말여, 어둑한 시간이었는데도 말여. 일찍 뜬 보름달 때문이었어. 금방 건져 올렸는데 아이는 죽고 내 몸 옆구리에 난 상처는 그때 생긴 걸세…… 사는 건 맘먹기에 달렸네."

"……."

"이집 저집 허드렛일을 도우며 살았는디 사람 팔자 알 수 없는 게 그렇게 남편 때문에 지긋지긋했던 술, 그 술장사를 하고 있는 거여. 돈 많은 사람도 만나봤어. 다 소용

없드라고."

"……"

"김씨, 어쩔 수가 없어. 나도 생각 많이 했어. 돈, 돈 했지만 결국 돈 보다 사랑이여. 나 같은 년은 젊은 시절에 사랑보다 돈 택했더니 이 꼴이 됐어. 김씨 때문에 거칠었던 가영이가 온순해졌제. 여자다워졌다니께. 불쌍한 애야. 가영일 봐서 어서 털구 일어서야 해. 잘 먹구."

주모는 진성의 등을 토닥여 준다. 창밖을 보고 있던 가영의 가슴속으로 한줄기 물이 흘렀다. 주모가 열고 나간 문틈으로 들어온 바람은 따뜻한 기운으로 가영의 가슴에 가득 찼다. 주모가 돌아간 뒤 가영의 손놀림은 편안해졌다. 주모의 위로를 받은 진성은 잠시 편안하고 문득문득 그의 표정에서 행복이 무늬처럼 떠올랐다. 가영은 진성의 병실 침대에서 잠시도 떠나지 않으려고 애썼다.

주모는 주막으로 돌아오는 길에 파, 두부, 밀가루, 식용유를 사서 담은 장바구니를 들고 강가에 앉았다. 잠시 쉬어가려는 참이다. 바람 한 점 없다. 강물처럼 냉정한 것이 또 있을까. 여전히 변함없이 흐르는 물은 어쩌면 무서운 업이 되어 자신에게 늘러 붙는 것도 같았다.

떨어져 죽은 아이가 우는 눈물이 고여 강물을 만드는

것 같이 아이의 눈물로 보이기도 한다. 뼈가 저려오는 아픔이다. 그 어여쁘던 아이를 업고 뛰어든 저 강물.

'아, 아가야…… 저승에 가서 좋은 부모 만나 행복하게 살거라. 이 애미 용서해주고…….'

주모는 치마 끝을 잡고 코를 행 푼다. 주모의 가슴속엔 저 물이 핏물로 변해 언제부터인가 문득문득 뒤통수를 쳐댔다.

'용헌 무당 데려다 걸판지게 굿을 한번 히얐으면 쓰겄는디……. 아이의 넋이라도 달래줘야 허것는디 그것도 일이라고 안 되누먼…….'

흐유, 한숨을 짓는다. 주모는 자식 같은 가영에게 내 죽거들랑 화장해서 이 강물에 뿌려달라고 누누이 귀에 못이 박히도록 얘길 해두었다. 그러면 마치 아이와 해후라도 하게 되는 것처럼 주모는 위로를 받는다.

가영에게 마씨를 붙여주려고 했는데 어째 마씨의 성질이 꼭 전 남편과 같은 것을 보고 정나미가 떨어져 버렸다. 그려, 돈이 다가 아니여. 인간이 우선이제. 맘씨 하나는 떠돌이 김씨만 못혀. 아, 인정이 있어야 정이 들고 살을 붙이고 살제…….

산등성이를 넘어가는 노을이 아가의 볼처럼 붉다. 내

목숨. 내 사랑……. 다음 생애에 만나자. 주모는 서름이 복받치기 전에 후딱 일어나 자리를 뜬다. 노을이 아주 넘어가 버려 어두워질까봐 걸음을 재촉한다. 상처를 삭이고 삭여서 이젠 감정을 조절할 줄도 안다.

보름쯤 지났을 때 의사는 가영을 불러 기대하지 말라고 했다. 진성은 알고 있는 듯 어느 날 가영을 가까이 불렀다. 그는 서랍에서 서류봉투를 꺼낸다. 그녀의 손을 꼭 잡는다. 진성은 생각한다. 언젠가 실종된 아내가 나타난다면 서울 집을 팔아 다시 새롭게 집을 짓고 새출발 해야겠다고 했던 생각을 그는 가영에게 주어야겠다는 생각으로 고쳐먹었다. 그 외 모든 재산도 가영에게 주어야겠다고 고개를 주억거린다.

"내겐 필요 없는 재산이야. 이것 가영이 갖고 이 강 마을을 떠나, 새출발 해."

진성은 힘들여 입술을 움직였다. 가영은 자신도 모르게 눈물이 주루룩 흘렀다. 입을 꼭 다물지만 멈출수록 눈물은 더 솟구쳤다.

봄빛이 푸르고 아름다우며, 강물 소리가 먼 태고적 사랑에서 흘러나오듯 감미로웠으며, 무엇보다 상처로 얼룩진 짧은 인생이 가영은 처음으로 행복하게 느껴졌었다. 세상이 이렇게 아름다울 수도 있다는 것이 강 마을에서 느낀 행복이었다.

그러나 진성의 아픔을 나누어 가질 수 없는 불행이 오다니. 치명적인 상처는 정신까지 흐려놓는다. 정신이 육체를 지배하지만 육체의 심한 고통은 정신을 미아로 만들어 놓는다. 절망하는 진성을 보며 세상이 또 한 번 자신을 버린 것 같아 가영은 흐느꼈다.

진성은 지난날을 떠올린다. 세월을 뭉텅뭉텅 쓰레기통으로 버린 못난 인간. 가영인 그렇게 살면 안 돼. 허무의 끝을 바라보며 끝으로 삼지 말고 발판으로 딛고 일어서야 해. 들풀처럼.

"부인을 만나려면 더 살아야 해요. 진성씨."

진성은 고개를 가로저었다. 가영이가 강이 되고 내가 강가에 선 나무가 되어 다음 세상엔 같이 만나 살자. 가영은 진성의 눈빛을 보며 그렇게 읽어 내린다.

진성이 어금니를 물며 먼 곳을 바라본다. 그의 눈이 붉게 충혈됨을 가영은 안다. 가영의 슬픈 눈빛은 허무를 닮고 있었다. 두 사람은 가슴이 저려옴을 느낀다.

어느 때부터인가, 진성은 가영의 청순한 얼굴을 보고

있으면 마음이 깨끗해짐을 느꼈다. 진성이 가영의 손을 잡는다. 그들은 와락 서로를 껴안았다.

"살아야 할 이유를 찾으세요. 진성씨가 살아만 준다면 어디를 가서 살든 절망하지 않을 수 있어."

두 사람은 서로의 손을 꼭 잡는다. 가영은 진성의 침대에 얼굴을 묻는다. 어디선가 강물 소리가 들리는 듯했다. 그 소리는 한으로 흐르고 있었다. 강은 왜 끊임없이 가슴속을 타고 흐르는가.

윤 정 옥
소 설 집

숨 쉬 는 기 억

숨 쉬는 기억

"엄마, 빨리 와 봐요, 나 저런 안경 사줘. 저런 테가 내 얼굴형에 어울려요."

설거지를 하며 들은 척도 안 하려니까 중학교 2학년인 딸아이가 내 팔을 잡아당겨 할 수 없이 끌려가 보는 척이라도 해주려고 텔레비전 화면을 보았다. 느닷없이 그 남자가 우리 집 안방에 뛰어들어와 인터뷰에 응하고 있었다.

남편은 저녁을 먹고 난 뒤라 커피를 마시는 중이었고 습관적으로 신문을 뒤적이며 화면은 보는 둥 마는 둥 하고 있었다. 딸아인 그 남자를 뚫어져라 쏘아보고 있었다. 아니 그 안경을 보고 있었을 게다. 그 남자는 앞으로의 우리나라 경제전망에 대해서

전체적임 흐름을 이야기 중이었다. 그의 안경 낀 얼굴 밑으로 「K대학교 경제학과 교수 박철훈 박사」란 자막이 옆으로 지나가고 있었다. 갸름한 얼굴에 차게 빛나는 눈빛은 전혀 변함이 없는데 살이 좀 붙어서 20대의 풋풋했

던 생기 위에 중년의 연륜이 덮여져 품위의 무게를 더해 주고 있었다. 그렇게 그 남자는 지구의 저쪽 뒤편에서처럼 느닷없이 나의 기억 저쪽에서 튀어나와 줄곧 나를 당황시키고는 했다.

햇살이 하얀 산등성이에 부서지며 보석가루를 뿌려놓은 듯 빛났던 일요일 정오에 우린 발자국 소리를 들으며 말없이 걸었다. 일곱 번째의 만남이었다고 기억된다.

"인간이 자기 마음대로 인생의 목적을 결정해서 살면 되지 무엇 때문에 종교를 찾는지 모르겠어, 종교를 찾게 되면 그 율법을 지켜야 하고 속박 받는 일이 얼마나 많은데…… 그런 의미에서도 그렇겠지만 나는 종교를 갖고 있지 않아서인지 남을 인도하기 전에 나 자신부터 수양하고 도를 닦는다는 불교가 훨씬 더 매력 있는 종교라고 생각돼."

그 남자 박철훈은 등산을 취미로 갖고 있는 터라 아침 일찍 만나 작은 산이라도 오르자고 했던 걸 나는 교회가 끝나는 시각 열두 시에 만나자고 연기했던 것이 끝내 못 마땅한 투였다. 나는 그때 너무 많은 말들이 나의 내부에서 들끓었지만 어느 것 한 마디조차 입 밖으로 나와 주지 않았다. 아니 어느 말부터 차근차근 해야 좋을지 몰라서 마음속에서만 서두르고 있었다. 타고난 말재주가 없던 나는 엉뚱하게도 결론만을 내리는 것이었다. 아무튼 종교는 플러스가 되지 마이너스가 되진 않는다는 표현이었다.

그는 그때 갑자기 씨익 웃었는데 어릴 적 크리스마스 때 교회에 가면 먹을 것들을 많이 받아왔다는 기억을 떠올리며 그때만 열심인 신자로 변해 있었다고 웃었다. 그의 그런 웃음이, 내가 말한 의도는 정신적인 것을 의미했는데 경제학을 전공했던 그는 프러스라는 의미를 경제적인 측면에서 해석한 듯했다. 나도 따라 쓰게 웃었는데 표면상으로는 그것을 인정한 듯 돼 버렸었다.

그래서인지 그 날은 그와 같이 있으면서도 마음이 떨떠름했었다. 그와 헤어진 뒤, 교회를 계산속에 넣고 다니는 위선적이며 천치 같은 여자라고 생각했을까 상상해 보며 밤잠을 설쳤었다. 다음번 만나면 굳이 따로 주석을 붙여주리라 다짐했지만 못내 꺼림칙했다. 그다음 그를 보았을 때는 대화의 중심이 학문적인 것으로 분위기가 전혀 달라 그 이야기는 꺼낼 수도 없었다.

이상하게도 그는 귀티가 흐르고 거기에 부티까지 나서 나를 가끔씩 주눅 들게 하고 초라해지게 만들었다. 그도 그럴 것이 그와 나는 같은 동네에 살았는데 그의 아버지가 5대 국회의원이었고 그 동네 땅 일대가 그의 집 소유였으며 서울 시내에 명문사립 K대학교가 그의 집거였고 아버지는 그 대학 재단 이사장이요 하나뿐인 형은 Y병원 원장으로 있었다. 그런 조건들이 항상 검소한 모습의 그의 어딘가에 숨어 있다가도 자꾸 삐어져 나오고는 했나 보다. 사소로운 것에서도 그는 여유가 있어 보였으니까.

종로 3가에서 비좁은 골목 안에 버스표를 파는 가게만큼의 크기로 자리 잡은, 신문과 잡화를 파는 내 아버지와, 소학교 3년도 채 못 다닌 어머니가 가진 것 없이 신의주에서 3.8선을 넘어온 것이 우리 부모 역사의 전부였다.

그 모든 것들이 나를 열등의식으로 몰아넣었다. 설상가상으로 나는 대학교 2학년 1학기를 마치고 직장을 구해야 했다. 하나뿐인 남동생의 대학 진학이 나에게까지 여파를 몰고 왔기 때문이었다. 나는 선뜻 동생에게 양보했다. 그리고 목사님이 주선해 주신 어느 작은 개인회사의 비서로 들어갔다.

학교를 그만두어 자퇴 원서를 제출하던 날 나는 그의 만남의 요청을 거절하고 같은 과 학생들과 어울려 혜화동 돌담 속에 있는 주점으로 향했다. 어차피 인생은 포기의 연속이라면서 술을 마셨는지 속으로 부어넣었는지 모르게 취해 해파리처럼 된 자신을 느꼈을 때 누군가 우리가 앉은 탁자 옆에 석고처럼 버티고 섰음을 보았다.

감색 싱글에 낯익은 가는 줄무늬의 남방, 훤칠한 키에 안경 속으로 뵈는 철훈의 눈이 더 차고 매섭게 빛났다. 그의 눈은 어떤 경우라도 그렇게 평정을 잃지 않았다. 나는 그런 철훈의 이지적인 눈을 몹시 좋아했다.

"은성이, 많이 대중화 됐군."

비꼬는 소리를 옆에 앉은 남학생 정혁이가 되받았다.

"아유, 조교님 어인 행차십니까? 이런 데는 교자 붙은 선생님들은 오시지 못하는 곳인데요."

혀 꼬부라진 중얼거림이었다. 영문학을 전공하고 있는 정혁이었으나 경제학을 부전공 했으니 조교이며 선배인 철훈을 잘 알고 있었다. 그리고 그와 나와의 만남까지도.

그 날 어떻게 집에까지 왔는지 전혀 기억이 없는데 아마도 집이 같은 동네인 철훈이 데려다 준 것임이 틀림없었다. 문을 열어준 아버지가 현관 불빛에 비취는 내 몰골을 유심히 보았다.

"아니, 너 술 마셨냐?"

어이없다는 표정이었다.

"한잔했죠."

"아이구, 처녀가 오밤중에 술이 취해 다니구. 참, 유씨네 가문이 망하려니까 별일이 다 있네."

그렇게도 기가 막혔나 보다. 내 꼴이.

학교를 그만두자 매일 보다시피 하던 철훈을 만나기도 어려워졌지만 밤 9시까지는 과^科조교실에 있을 터이니 퇴근 후 아무 때고 그리로 오라던 그의 청을, 만나고 싶은 내 간절한 욕망과는 달리 완강히 거부했다.

그는 그 즈음 졸업을 앞두고 유학을 준비하고 있었다. 정혁이가 가끔씩 그의 심부름을 해왔다. 회사 전화번호조차 알려주지 않았었기 때문에. 그러면서도 나는 속으로 차라리 그가 나를 납치라도 해서 같이 외국이라도 가버린다면 따라갈 심산이었다.

사회 초년생으로서 서투른 점이 조금은 익숙해져 갈 무렵에 상당히 이성적이고 점잖은 편인 철훈의 마지막 부탁으로 정혁이가 퇴근 시간에 숨을 헐떡이며 사무실에 찾아왔다. 지금 철훈 형이 회사 앞 모란다방에서 기다리고 있다고 전했다.

그는 무거운 표정으로 다방 한구석 자리에 앉아서 무엇인가를 골똘히 생각하고 있었다. 내가 다가가자 반가운 미소가 입가에 흘렀다.

"오랜만이야, 직장 생활하느라 시간적인 여유가 없는 건 알겠지만 그렇게 무심해야 되겠어? 이 달 보너스는 탔나?"

"아직요."

"보너스 타면 나 뭘 해줄래?"

"어머머, 김치국 왜 그렇게 좋아해요?"

"하하하… 기대할 게."

그 날 밤 그는 나를 충분히 이해한다고 말했고 집에서 유학을 앞두고 결혼을 서두르고 있다는 것. 그리고 같이 가자고 간곡히 제의했다.

다방을 나와서 저녁식사를 하고 우린 동네까지 걸었다. 아침의 일기예보가 밤늦게 소나기 한 차례를 예고했음을 알았는데도 나는 그를 만난다는 설레임으로 우산을 갖고 나온다는 것을 깜빡 잊었다.

삼선교에 다다르자 갑자기 굵은 비가 얇은 블라우스를 입은 어깨 위를 때리기 시작했다. 그가 어디선가 잽싸게 나타난 우산장수에게서 비닐우산을 하나 사서 펴주었다. 금세 시야가 뿌옇게 흐려지며 가로등이 빗속을 희뿌옇게 반사했다. 그는 두 번째로 간절히 나와의 유학을 설득시켰고 나는 차라리 돈키호테를 만 분지 일도 닮지 않은 그를 속으로 원망하면서 고개를 저었다. 그리고 말없이 걸었다. 발걸음은 땅속 깊숙이 빠져들 것 같이 무거웠다. 열 누 시가 임박해서야 동네 골목 어귀로 접어드는 느티나무에 다다랐다.

억센 빗발이었다. 퍼부어 대는 소나기 소리와 천둥소리가 포성처럼 들리는 밤에 느티나무 밑에서 그와 나는 오랫동안 입맞춤을 했다. 그것이 마치 이별의 슬픔을 대신하는 양. 가끔씩 대로^{大路}에서는 진창을 심통 난 듯 튀기며 전속력으로 달려가는 자동차의 소리들이 들려왔다. 통행금지 시간이 임박됐음을 알려 주었다.

집 대문 앞에 섰다. 마루의 괘종시계가 열두 번 울리는 것이 서글프게 들렸다. 그는 냉정히 돌아섰다. 아아, 이것이 마지막이구나. 나는 초인종을 누르며 그렇게 생각했다. 다시는 누구를 사랑하지 않으리. 그는 영원히 나의 가슴에 살아 있고 그 가슴속의 숨결들이 멈출 때까지. 나의 젊음도 이것으로 막을 내리리라.

몸뻬 차림의 어머니가 나오셔서 문을 따셨다. 통상 늦은 시각에는 아버지가 문을 열어주셨는데 초저녁잠이 많고 새벽잠이 없으신 어머니가 웬일일까 싶어서 왜 여태껏 안 주무셨어요? 물으니 물건이 돈 액수하고 맞지 않아서 계산중이었다고 한다. 안방 문을 여니 랑콤^{LANCÔME}이니, 맥스팩토^{MAXFACTOR}니, 레브론^{LEVERON}이니 하는 불문, 영문 딱지들이 붙은 외산 화장품들이 윗목을 가득 차지하고 있었다.

아래 의원집(철훈의 집을 통상 동네에서 그렇게 불렀다)에서 갖다 달래서 오늘 해온 물건들이라며 내일 아침 열 시까지 갖다 줄 것이라고 했다. 그러면서 어머니는 돋보기를 쓰시고 작은 메모지들을 앞에 놓고 주산을 퉁겨댔다. 아랫목에 누워 계시던 아버지가 그 집 개를 조심하라며 어머니에게 주의를 주었다. 남동생이 그 집 담 너머로 축구공이 들어가서 마침 대문이 열려 있어 말없이 주우러 들어갔다가 갑자기 덤벼들었던 개한테 발뒤축을 물린 것을 떠올리신 모양이었다. 어머니의 제일의 단골인 관계로 그쪽의 처신에 맡겨졌을 뿐 치료비 운운은 당치 않았다. 나는 그때마다 하얀 백지가 구겨지듯 가슴속에서 심성이 구겨지는 소리를 들었다.

*

화창한 토요일 오후.

9월이라 하기에는 아직도 뜨거운 햇살이 내리쬐고 있어서 한여름을 무색케 했다. 경리과 박계장과 입사한 지 두 달쯤 된 같은 과 미스터 김, 그리고 나보다 한 살 위인 혜인 언니와 함께 청평이란 곳으로 주말여행을 갔다.

민박이었는데 짐을 풀고 정리도 안 한 채 우리는 곧장 물가로 나가 보트를 하나 빌었다. 시간을 소중하게 아끼기 위해서였다. 뱃놀이를 하기에는 적당한 오후였다. 바닷가가 고향이라 노를 젓는 데는 이력이 났다는 박 계장이 옛 실력이 나와 줄지 모르겠다며 사공이 되었다.

시들어 가는 햇빛에 반사돼 물결이 반짝였다. 나는 문득 철훈을 생각했다. 아니 내 의식 한 구석에서는 언제나 그가 자리를 잡고 앉아 있었으니까. 그는 지금 무얼 하고 있을까? 자기 집에서는 명예와, 가문뿐이 못 배운 듯 점잖음을 무척 내세웠던 남자. 그리고 남의 얘기를 신중하게 들어줄 줄 아는 남자. 허긴 몇 대조 할아버지가 중학교 역사책에 인쇄되어 나왔던 걸 보면 귀족은 귀족인가 보다. 못난 남자. 나는 같이 가고 싶었는데.

"애, 너 귀먹었니?"

혜인 언니가 내 팔을 잡고 흔드는 바람에 나는 제자리로 돌아왔다.

"미스 홍은 무슨 생각을 그렇게 깊게 하지?"

그제야 박 계장이 내게 무슨 말을 걸어왔었구나 하고 짐작이 갔다. 그러고 보니 그때야 자리 또한 묘하게 앉았음을 느꼈다. 나의 맞은편에는 미스터 김과 혜인 언니가 나란히 앉아 있고 나는 박 계장과 한 짝이 되어 있었다. 분명 혜인 언니의 아이디어일 것이라고 생각하며 피식 웃었다. 아무려면 어떠랴. 복잡한 서울을 떠나왔다는 것만으로도 족했다. 어느새 준비해 놓았던 것인지 땅콩을 안주로 그들은 캔 맥주를 땄다.

"자, 우리의 주말을 위해서!"

넷은 동시에 똑같이 맥주가 담긴 종이컵을 들었다. 단숨에 다 비워버린 박 계장이 먼저 입을 열었다.

"여자란, 돈과 명예, 둘 중 어느 것 하나만 있으면 쉽게 낚여져. 미스터 김, 잘 들어, 돈에 약하고 명예에 약한 것이 여자야."

"어머, 박계장님, 여자만 그래요? 남자도 그래요. 미스 유 안 그래?"

그 모든 얘기들을 나는 웃음으로 답해주고 있었다. 전혀 마음의 가교가 이루어지지 않는 자리에 앉아있는 내 자신이, 지는 해 만큼이나 처량해 보이기도 했고 교태스

162 윤정옥소설집 거울 속 뒷모습

런 혜인 언니의 웃음만큼이나 역겹기도 했다. 그녀는 미스터 김의 무덤덤한 표정까지도 왜일까? 계산하려 들었다. 아니, 충분히 그럴 여자였다. 자기가 호감을 갖는 상대한테는.

"없는 집 딸 데려와야 속 편코 좋은 거야, 비슷해야 서로 잘 융화가 되지."

그 소리는 마치 철훈을 생각하고 있는 내게 '네 주제 파악이나 해봐' 하는 소리로 들렸다. 순간 나는 묘한 반발이 솟아올랐다. 아니야, 틀렸어, 내가 철훈을 택했는데 그가 돈이 있는 부잣집 아들이란 것이 잘못됐던 거야. 나는 물에 손을 넣어 물을 날려 보냈다. 맞았어, 나는 나와 어울리는 누군가에게 나를 필요로 하는 사람에게 나의 모두를 주고 그리고 나를 전부 허물어 버려 다시 새롭게 태어나게 하고 싶다. 이젠 더 이상 나는 나를 기만하며 산다는 데 대해 진력이 났어. 나는 종이컵을 구겨서 던져버렸다. 강한가운데로 힘껏.

숙소로 돌아오며 나는 그들 뒤를 따라 천천히 걸었다. 자갈은 하얗게 뜨거운 몸을 강바람에 식히고 있었다. 심하진 않아도 한쪽 다리를 약간씩 끌고 걷는 박 계장의 뒷모습이 석양에 찌들어 문득 외로운 사람처럼 가슴에 와 닿았다. 저녁을 먹을 때, 설거지를 할 때, 혹은 이야기 중에 가끔씩 박 계장의 예리한 시선이 화살처럼 얼굴에 와 꽂히는 듯했으나 짐짓 무시해 버렸다.

아름다운 밤, 숲이 있고, 새소리가 있고, 흐르는 강물소리가 있고, 무한한 공간은 전부가 내 것이라 해도 무방하리라. 숲속에서의 기타 소리는 찌들어 있던 내 영혼을 깨끗이 씻어 주는 듯했다.

이튿날 오후 집에 왔을 때 엄마는 고운 하늘빛의 한복을 입은 채 버선을 벗고 계셨다.

"나갔다 오셨어요?"

"그래, 의원 집 둘째 아들이 갑자기 오늘 결혼했잖니? 원 신랑이 하도 곱상하게 생겨서 신부는 빛이 안 나더구나. 둥글둥글하여 복 있게 생긴 얼굴인데 열흘 뒤에 신부와 같이 미국 유학 간다더라."

순간 가슴 맨 밑바닥에서 한 줄기 전류가 흐르듯 발끝까지 찌르르 울려 왔다.

"그래요?"

언제나 전혀 내색을 안 하는 탓에 내 마음이 그렇게 허물어져 내리는 것을 엄마는 물론 알 턱이 없었다.

*

"뭘 그렇게 생각하고 있어? 청승맞게, 나 물 한 컵 줘. 꿀물이면 더욱 좋겠어. 어제 너무 과음했나 봐."

도대체 이 남자는 나의 뭐란 말인가? 당당히 나를 저의 손이나 발처럼 움직이면 척척 컴퓨터처럼 말 잘 듣는 아내.

"주로 무슨 책을 즐겨 읽으시나요?"

"우리 집에 책이 모두 네 권 있는데 그것마저도 읽지 않았습니다."

"그럼 책에서 즐거움을 찾지 않고 어디서 즐거움을 찾으시나요?"

그를 똑바로 주시하니, 그는 무척 당당한 여자로구만, 하는 표정이었다.

남편은 선을 보고 두 번째 만남에서 이죽거리는 내 말에 그런 표정을 지었었다. 될 대로 되라는 기분으로 그를 정면에서 쏘아붙였던 것이다. 차라리 내가 딱지를 맞는다면 엄마, 아빠에게 당당히 면목이 설 텐데. 그렇게 되면 얼마 동안은 그 결혼이라는 등쌀에서 벗어나 평온한 시간들을 벌 수 있을 텐데.

둔한 남자. 센스 있고 분위기 있는 철훈에 비하면 이 남자는 그의 머슴 정도라면 적당하겠구먼. 내가 얼마나 분위기에 약한 여자인데 이렇게 두 번째 만남에서 족발집에서 소주나 한 병 다 비워가. 내 시선이 소주병에 머물자 그는 소주병을 추켜들더니, 미소를 머금고 말을 했다.

"부친께 가서 이 술을 다 먹었다고 그러지 마십시오. 조금 남겼으니까요."

파란 병 속에서 서너 방울쯤 돼 보이는 물들이 흔들려지고 있었다.

어쨌든 넌 틀렸어. 오늘은 얌전히 일어나 주지.

"저 오늘은 좀 일찍 들어가 봐야겠어요. 집이 비어서요. 어머니가 어디 좀 가실 데가 있다고 일찍 들어 오랬거든요?"

"아, 그랬어요? 그럼 주말에 또 전화 드리겠습니다."

나는 조용히 미소를 입가에 흘려주고 빠르게 돌아섰다. 주말에 그 남자는 어김없이 수화기에 목소리를 밀어 넣고 있었다.

"오늘요? 오늘은 손님이 오신댔어요."

"그럼 내일은?"

"내일은 약속이 좀 있는데요."

아랫목에 앉아 돋보기를 쓰고 실로 바늘귀를 맞추던 어머니는 몰래 듣다못해 소리를 질렀다.

"손님은 무슨 손님이 와?"

나는 재빠르게 수화기를 막았다.

"아유, 엄만."

"이리 내."

"미스터 장이에요? 오늘 오시려던 손님이 다음주로 오시겠다고 변경 전화가 왔었어요. 얘가 아직 잘 모르고 있었나 봐요. 내 다시 바꿔 드릴게요."

"네, 네. YWCA 옆 지하 다실요? 네, 알겠어요. 나가죠."

이렇게 해서 세 번째 약속이 이루어졌다. 전화를 끊고 나자 어머닌 호통을 치셨다.

"그만한 남자 없다. 당당하구. 이목구비도 반듯하고. 남자다운 기백이있구. 한자리할 사람이다. 샌님 같은 너희 아버지 봐라. 이날 이때껏 뭘 기대하며 살겠니? 내 것 주고도 달랜 말 못하는 주변머리 허구⋯⋯"

"엄마가 너무 극성스러우니까 아버질 그렇게 만들은 거지."

나는 안방 문을 쾅 닫고 나와 버렸다.

두고 봐라, 오늘 만나서…. 아랫입술을 깨무는데 엄마가 금방 뒤따라 나왔다. 내 방까지 건너와 시간 늦겠다고 재촉을 해댔다.

뒤에 턱 버티고 선 엄마 때문에 하는 수 없이 나오긴 나왔다만 명동을 향한 버스를 일부러 서울역 신세계 쪽으로 돌아가는 버스를 탔다. 30분쯤 기다리게 되면 가버리겠지. 그렇게 나는 삐뚤어져 가고 있었다.

크리스마스가 다가오는 차창 밖의 거리는 화려한 것 같으면서도 어딘지 비어 있는 듯했다. 신세계 앞 오색등이 무겁게 가라앉은 내 마음을 위로라도 하듯 계속해서 깜빡여 줬지만 철훈이 없는 이 서울거리는 텅 비어 있기만 했다. 갑자기 버스 안 스피커에서 흥겨운 팝송이 흘러나왔다. 그는 지금쯤 노란 머리와 코쟁이들 속에 섞여서 열심히 강의를 듣고 논문을 준비하고 그리고 새로운 아내와 단잠에 빠지겠지…… 귀에 익은 팝송이 그가 있는 미국 도시들을 상상케 해주었다.

바늘 끝으로 꼭꼭 뺨을 찌르는 듯 매서운 날씨였다. 그 때문인지 버스가 생각보다 10분이나 일찍 와주었다. 약속 시간보다 30분 늦게 가려던 것이 20분이 지나 있었다. 매운바람을 마주 안고 명동성당 쪽으로 꺾어들었다. 먼저 성모병원으로 들어섰다. 대기실 의자에 앉았다. 가야 하나, 말아야 하나…… 시간은 재깍재깍 자꾸 재촉을 해댔다. 그래, 좋아, 오늘 하는 행동을 보고서 결정짓겠어. 오케이든, 딱지를 맞든, 어차피 인생은 계획대로 살아지는 게 아니니까. 정각 30분이 되자 나는 의자에서 발딱 일어섰다. 맞은편을 향해 길을 건넜다.

다방을 향해 지하 계단을 한 칸 내딛는데 누가 내 어깨를 가볍게 두드렸다.

"어마, 장 선생님."

"오늘 다방이 휴일이래요."

"그럼 계속 밖에 서 계셨군요?"

"할 수 없잖아요? 다른 데로 갑시다."

다시 길을 건너는데 이 추운 날 좀 미안한 기분이 들어 그의 표정을 훔쳐보다가 나는 섬찟했다. 턱 주변에 구레나룻 수염을 깎은 자리의 푸르스름한 빛이 그렇게 청결해 보일 수가 없었다. 그리고 그의 꽉 다문 두껍지도 얇지도 않은 일자형 입에서 관용이 넘실거렸다. 그 관용은 거칠어져 가는 나를 전부 포용할 것 같았다. 오호 통재라. 이 무슨 해괴한 느낌이란 말이냐?

더 이상 시간을 끌수록 그에게 미안하다. 빨리 체념토

록 해야 한다. 적어도 남에게 부담을 주지 못하는 나로서는 좀 꺼리는 짓이니까. 아직도 내게 일말의 양심은 남아 있나 보지?

벽 쪽의 의자에 앉자마자 담배를 한 대 꺼내 물었다. 맞은편 의자를 당겨서 내가 앉았다.

댁도 빨리 속 차려서 현명한 여자를 얻으라구요. 얼마나 예쁘고 귀엽고 순종적인 여자가 많은데―. 그리고 좀 전의 그 느낌이 내 몸 어딘가에 끈적하게 달라붙어 있는 것 같아서 신경이 쓰였다.

"저 장 선생님, 한 가지… 고백… 할 게 있어요…"

나는 더듬거렸다.

그가 담뱃불을 붙이려다 말고 온 시선을 내게 집중시켰다. 내친김이다. 망설일 게

"저는 술고래예요. 그리고 하루에 한 갑 정도 태우는 골초구요. 이해하시겠어요?"

그의 표정이 잠시 흔들리는듯하더니 금세 환한 웃음이 피어올랐다.

어렵쇼, 저 웃음은 또 뭐람?

"좋습니다. 결혼 후 재떨이는 제가 비워드리죠, 단, 아이를 갖기 전까지만 허락합니다."

결혼? 아이? 허락? 참, 갈수록 태산이네.

"은성이, 객지 생활 같은 것 생각해본 적 있어?

"아니요."

"난 서울을 떠나고 싶어. 조용한 시골에 가서 농장을 하며 사는 게 내 작은 포부야."

그제야 그 물음이 무엇을 뜻하는지 알아차렸다. 여위고 왜소한 체격의 박 계장은 지적인 외모를 지녔으나 어딘가 그늘이 있었다. 그 특유의 침착성이 그렇게 보이게 했을까? 지체 부자유자에게 향하는 동정심이 그렇게 느끼게 했을까?

비원의 앙상한 나뭇가지에는 이제 막 겨울의 모진 고통을 용케도 참아낸 안도감 같은 것이 머물러 있었다. 태양의 후광을 입고 보름달이 하얗게 모습을 드러내기 시작했다.

"은성이, 다음 주쯤 속초에 같이 가지 않을 테야?"

"강원도엘요?"

"음."

"거긴 왜요? 박 계장님 고향 아녜요?"

"어머니, 아버지를 뵌 지가 오래돼서 한번 같이 가 뵙고 싶어서."

"글쎄요. 시골은 좋아하지만 제가 불청객이 될 순 없죠."

"불청객이라니, 은성이 때문에 가는 건데."

"……"

이 남자는 날 반려자로 생각하고 있는 게 틀림없었다. 한 직장의 동료로서 상사로서 손색은 없지만 이성간의 애정관계로서는 한 번도 장래를 같이 한다는 상상은 해 본 일이 없다. 하지만 저질러 놓고 뛰어들면 주인을 잃고 허황된 춤을 추고 있는 내 감정은 조용히 가라앉아 갈 수 있을까? 병든 마음은 곧 치유가 되겠지. 어쩌면 인간은 사랑하는 감정보다도 허탈해하는 감정이 더 큰지도 모를 일이었다.

"박 계장님, 좀 생각해 볼 여유를 주세요."

왜 그런지 그에게는 상처주지 않는 고운 말로 위로하고 싶었다. 그가 서너 걸음 말없이 더 걷더니 우뚝 섰다. 갑자기 내 어깨를 돌려세웠다. 그의 깊은 시선이 내 눈을 뚫어져라 응시했다. 갑자기 뜨겁고도 깊은 호흡이 내 목젖을 타고 흘러 넘어갔다. 그의 입술은 보드랍고 촉촉했다.

"은성이, 나를 실망시키지 말아 줘."

나는 하마터면 고개를 끄덕일 뻔했다. 하늘에는 아까보다 조금 환해진 달이 나뭇가지 사이에 숨어있었다. 문득 거기에 철훈의 모습이 있었다. 박 계장이 내 손을 꼬옥 쥐었다.

"같이 가는 거지?"

그가 쥔 내 손은 조그맣게 오므라들었다. 손가락만 보였다. 하나, 둘, 셋, 넷, 다섯, 내 손가락은 다섯, 합해서 모두 열이구나. 셈을 셌다. 남색 빛으로 압축된 하늘에 달이 선명하게 나타났을 때 그는 내 어깨에 손을 얹은 채 동네 어귀 느티나무 밑을 지났다. 집까지 데려다주고 그는 여전히 한쪽 다리를 끌며 멀리 사라져 갔다. 홀로 떠 있는 달만큼이나 외로워 보였다. 그는 언제나 그렇게 쓸쓸해 보였다. 갑자기 뛰어 내려가 고독한 그를 안아주고 싶었다. 아니 위로해 주고 싶었다. 하지만 그 이상도 그 이하도 감정의 달라짐을 발견할 수 없었다.

"엄마, 나 왔어요."

방문을 여니 엄마는 왠지 시무룩한 모습으로 앉아 있었다.

"왜 이렇게 늦게 다녀?"

"뭐가요? 아직 열 시도 안 됐는데."

"그래 열 시가 이르다 일러, 처녀가."

"엄마, 나 시골에서 농사지으며 농장이나 하구 살면 어떨까?"

"왜? 그 사람이 농사를 짓는다던?"

"아니, 그건 무슨 소리유?"

"내 다 봤다."

그제야 동네 골목으로 들어섰을 때 인기척을 느낀 것도 같았다. 두 갈래 길이 있었으니 어느 쪽으로 가도 집은 나왔다. 옆길로 사라진 사람이 엄마였었나?

"이젠 다리병신까지 다 끌어들이는구나. 하나밖에 없는 네 사촌 언니가 남의 눈이 돼서 평생 헌신하며 살겠다고 자살 소동까지 일으켜서 맹인하고 결혼하더니 결국 오 년도 못 넘기는 것 봐라."

"그러게 애초에 언니가 수녀원에 간다고 했을 때 왜 말려요?"

그 말을 엄마는 못 들은 척했다.

"옛말이 하나 틀린 것 없다. 외모가 고와야 내모도 고운 게야! 비뚤어진 사람하곤 평탄키 어려워."

"그럼 엄마 딸은 곱기만 하우? 마음과 정신이 병들고 비뚤어졌는데?"

"듣기 싫다. 내 미스터 장 만나서 그 사람만 오케이 한다면 늦은 봄까지는 꼭 성사시키련다."

"엄마는 엄마 이상형에 딸을 보내려고 해요? 내 이상형은 따로 있어요."

"애초에 올라가지도 못할 나무는 쳐다보지도 말랬어."

"그건 또 무슨 소리야?"

"경식이가(남동생) 네 일기장을 본 모양이더라. 나도 다 들었다. 이젠 끝난 일인데 지난 일 생각하면 뭘 해?"

"그 바보 같은 자식, 남의 일기나 뒤져보고, 그럴 시간 있으면 영어 단어 하나라도 더 외우지."

나는 분해 식식거리면서도 적어도 의원 집 아들이 내게 청혼을 했었으며 엄마가 물려준 가난 때문에 깨졌으니 엄마도 가슴 아파해야 한다고 속으로 외쳐댔다. 그리고 엄마가 가슴 아파하면 조금은 후련해질 것 같았다.

비원에서의 만남 이후로 박 계장은 눈에 띄게 생기가 흘러넘쳐 보였다. 그를 보자 도리어 꿈속에서 있었던 일처럼 덤덤하게 생각되는 나 자신은 어떤 유의 여자일까…… 될수록 경리과 출입은 삼가했다.

목요일 아침.

여느 날과 별다름 없이 출근했다. 출근하자마자 사장님으로부터 호출 부자가 울렸다. 조용히 손잡이를 비틀었다. 파이프를 물고 창밖을 보고 있던 사장이 문소리에 돌아서더니 자리를 가리켰다. 자리에 앉으며 업무적인 용건은 아니라는 것이 직감됐다.

"미스 유, 입사한 지 얼마 됐지?"

"7개월 됐습니다."

"벌써 그렇게 됐나? 그동안 애 많이 썼어."

"……?"

"여자란 그저 평생직장을 잘 잡아야 되는 거야."

"무슨 말씀이세요?"

이번엔 사장 쪽에서 의아하게 쳐다봤다.

"사직서 안 냈어?"

"네?… 네…"

그제 서야 알 것 같았다. 엄마의 소행이 분명했다. 엄만 늘 그렇게 엉뚱했으니까.

"좋은 신랑감이 나타났다니 내 욕심으론 더 붙잡아 두고 싶지만… 아쉬워도 할 수 없지."

"……"

"비서실은 사람이 비면 안 되니 우선 총무과 미스 민을 불러와. 그리고 인수인계를 잘 부탁해."

"예, 죄송합니다."

총무과에 가보니 사직서에는 타이프로 찍혀 있었고 (인) 자 위엔 내 도장이 얌전히 또렷하게 박혀있었다. 경리과를 들렸다. 박 계장은 결근이었다. 분명히 엄마는 박계장을 만나 타일렀을 테고 일을 수습해 갔을 것이었다.

딸을 위한 길이 어디서부터 어디까지인가. 내 운명의 끈을 엄마는 자신의 뜻대로 마구 꼬아대고 있었다. 애초에 운명의 길이란 혼자서만 걷게 되어 있지 않은 것인가 보다. 감정에 의해, 성격에 의해, 타인에 의해 타고난 운세를 얼마든지 뒤바꿀 수 있는 것이 운명이었던가. 아무리 발버둥 쳐도 결국 나는 미스터 장에게 결혼을 하게 될 것이라는 예감을 내 스스로에게 주고 있었다.

주소를 들고 박 계장의 하숙으로 향한 버스를 탔다. 지금 무엇을 하고 있을까? 얼마나 처절하도록 자신을 원망하고 있을까. 그가 정상인이었다면 이런 수모를 겪지 않아도 되었을 것을. 가엾은 사람. 그래, 내가 그의 한쪽 다리가 돼주자. 살면서 크게 부담이 될 것도 없지 않은가? 병든 사람은 병든 사람끼리 만나 서로 어루만지고 위로해야 더 원만하지 않을까?

버스는 지루하게 하품을 몰고 오기도 했고 띄엄띄엄 수도 없이 섰다. 한 사람이라도 더 집어삼키려고 늑장을 부렸다. 겨우 찾아간 작은 골목의 막다른 집에는 파란색 대문이 두 **뼘**쯤 열려 있었다. 들어섰다. 바로 앞 문간방에서 박 계장의 신발이 보였다.

노크를 했다. 잠잠했다. 다시 크게 세 번 노크했다. 안에서 방문이 열렸다. 박 계장은 잠이 들었었는지 부스스한 모습에 쌍꺼풀진 눈은 운 사람처럼 부은 것이 더욱 크게 선이 가 있었다. 머리맡에는 소주병과 오징어가 아무렇게나 뒹굴고 있었다. 상의는 내복을 입은 채, 아래는 잠옷 바지를 입고 있었다.

"어쩐 일이야?"

그가 일어서서 와이셔츠를 걸쳐 입으며 물었다.

"모든 것 제 뜻 아니에요."

죄지은 사람처럼 꺼져 들어가는 음성으로 겨우 말했다.

"알아, 하지만 그게 무슨 상관이야. 애초에 내가 잘못이었지."

"전 달라요, 박 계장님, 다음 주에 우리 시골 가요. 따라가겠어요. 그리고 우리 거기서 아주 눌러살아요."

"더 이상 날 그만 놔둬."

그가 갑자기 한 손으로 눈가를 가리었다. 고요한 정적이 둘 사이를 휩쌌다.

"가, 은성이, 괴롭히지 말고 가 줘. 혼자 있게 해줘"

아아, 이렇게 남에게 고통을 주고 살다니, 뭐가 잘난 인간이라고.

"박 계장님, 우리 결혼해요. 엄마가 무슨 상관예요. 내 운명은 내가 만들어요. 아무도, 아무도 바꿔놓을 수 없어요."

그제 서야 한 줄기 물이 볼을 타고 흘렀다. 엄마가 만드는 그 운명을 나는 한껏 거부하고 싶었다. 철훈을 보고 울었고, 아버지를 보고 울었고, 엄마를, 동생을 보고 울었고, 박 계장을 보고 울었고 나를 보고 울었다. 뜨거운 눈물이 줄줄 흘러내렸다. 어느 결엔가 우리는 서로 부둥켜안았다. 내 눈물이 그의 뺨에 닿았고 그의 눈물이 내 뺨에 마구 문질러졌다.

우리는 서로를 조금씩 탐하기 시작했다. 나는 눈을 감고 그의 모두를 받아들이기로, 아니 내맡기기로 결심했다. 엄마를, 그리고 나를 학대하고 싶었다. 그의 상체가 나를 쓰러트렸고 외투부터 벗겨졌다. 상의 단추가 순서대로 위에서부터 차례로 풀어져 갔다. 베이지색 상의가 벗겨지고 갈색 티셔츠가 나왔다. 그의 손이 스커트의 지퍼를 더듬는 순간이었다.

"은성아!"

어디선가 분명 날 부르는 소리가 들렸다. 나는 벌떡 일어났다.

"이건 네 행동이 아냐."

누군가 날 보호하려 들었다.

나는 그날 어떻게 집에까지 달려왔는지 하나도 기억이 나지를 않는다. 그가 불쌍했다는 생각까지만 또렷했다. 나는 울었던 게 분명했다. 손수건이 젖어 있었다. 지금도 그가 안됐다는 감정에는 조금치의 변화가 없다.

1900년 0월 00일
신랑 장태규 신부 유은성
단정한 인쇄체처럼 두 사람은 분명한 화촉을 밝혔다.

"낼부터 출장이라면서 일찍 쉬지 않아도 돼요? 어제도 과음을 했으면서."

남편은 대꾸도 없이 신문만 뒤적이더니 빈정댄다.

"참 요사이 여대생들은 애연가가 60%나 된다니 이게 정확한 통계일까? 믿어지지가 않아. 허긴 뭐 네 엄만 십여 년 전부터 하루에 한 갑이랬으니…… 한 대도 피우지 못하는 주제에……."

남편은 씨익 웃었다. 싫지 않다는 웃음이다.

"엄마가 그렇게 멋진 데가 있었어요?"

딸아이가 토끼눈을 하고 묻는다. 남편의 눈이 딸을 향해 휘둥그레졌다.

"아유, 아빠 촌스럽게."

딸아이가 놀란 표정을 하는 아빠에게 눈을 흘긴다.

"너, 애연가 같은 소리 하는구나."

"염려 말아요, 건강에 안 좋다는 짓은 절대 하지 않을 테니까."

"그러다가도 허무맹랑한 짓을 곧잘 하는 걸."

나도 한 마디 거들었다.

"그건 당신 닮아서 그래. 철저하게 이성적이면서도 걷잡을 수 없이 감정적인 데가 있는 걸."

뒤의 말은 나한테 하는 소리인지 딸애에게 하는 소리인지 모를 소리를 했다.

"그걸 바로 잡아주느라 참 나도 많이 늙었지."

남편은 큰 벼슬이라도 해낸 사람처럼 흐뭇해하는 표정이다.

"네 엄만 처녀 때 만났을 때, 줄무늬 스타킹은 한번 비틀어 신고 껌을 딱딱 씹으며 교양 없는 여자 행세를 했는데, 어딘지 제 모습이 아닌 것 같더라고, 힐끗 보니까 오물오물 움직이는 입술이 그렇게 귀엽고 천진해 보이더라구. 순간, 난 이 여자를 택해야겠다는 판단이 들었어. 참, 이상하지 다른 사람이라면 추하게 봤을 텐데 확실히 그땐 뭔가 씌웠었나봐. 하하하……."

"자, 가방 열었어요. 뭐뭐 넣을까요?"

"넥타이 둘, 속내의 하나, 와이셔츠 둘만 넣으면 돼. 나흘이면 오는데 뭐."

"원 세상에 딸년이라고, 남의 집은 딸들이 제 아빠 시중은 다 들어준다는데 우리 집 준희란 년은……"

나는 중얼거리며 차근차근히 준비물을 007 가방에 챙겨 넣었다.

"엄만 저럴 때 보면 외할머니하고 똑같아. 말투까지."

"너도 늙어봐라. 네 어미하고 똑같아질 테니."

"아유, 끔찍해."

남편이 없는 며칠간은 나만의 시간이었다. 해방감으로 나는 맘껏 모처럼의 휴일을 쉬고 싶었다. 실컷 게으름을 부렸다. 게으름이 주는 행복을 만끽했다. 이틀이 어떻게 지났는지도 모르게 가버렸다.

삼 일째.

습관적으로 석간신문을 펼쳐 들었다. 영화배우 최은희, 신상옥 부부 탈출 성공이란 기사가 한 면을 가득 메우고 있었다. 한 면을 다 읽고 커피를 탔다. 커피 두 스푼. 설탕 한 스푼. 프림 세 스푼. 뜨거운 커피 향내가 몸을 녹이듯 감미로웠다. 두 모금 마시고 다시 신문을 훑어보는데 신문 한 허리 왼쪽 귀퉁이에 안경 낀 모습의 낯익은 얼굴이 눈에 띄었다. 철훈과 비슷해서 자세히 보니 「K대학교 교수 박철훈 박사 별세」라는 인쇄체 활자가 눈에 박히듯 들어왔다. 어젯밤, 경주에서 있는 세미나에 참석차 가다가 고속도로에서 마주 오던 트럭과 충돌, 그 자리에서 숨졌다는 기사였다. 트럭 운전사의 졸음운전이 원인이었단다.

숨이 막힐 것 같은 순간이었다. 이 남자는 언제까지 이렇게 날 놀라게 할 것인가? 아니, 이제는 끝이구나. 느닷없이 뛰쳐나와 주던 그는 지구의 저편도 아닌 영계零界의 세계로 가버리다니.

커튼을 열어젖혔다. 짙은 회색 구름이 몰려오고 있었다.

"정혁인 이해하겠어? 소나기 오던 날 은성일 집까지 데려다주고 그 날 난 한잠도 이루지 못했어. 그리고 결심을 했지. 강제로라도 은성일 데리고 유학을 가기로. 설레는 맘을 안고 이튿날 동네 느티나무 밑에서 퇴근 시간쯤에 그녀를 기다렸지. 일곱 시쯤에야 은성일 발견할 수 있었어. 그녀는 동네 골목 어귀로 유유히 걸어오더니 나무 밑의 나를 한번 빤히 쳐다보고는 무표정하게 그대로 가버리는 거였어. 예리한 화살이 가슴에 와 박히더군. 시선을 마주치고도 무심히 지나는 그 얼굴에서 저 여잔 내가 연민하듯 나를 생각하고 있지 않은 것이라고 판단됐네. 애정이 없는 것이라고. 실망한 채로 그대로 돌아서 버렸어⋯이해하겠나?⋯⋯"

그 날 이성을 잃도록 술을 마신 철훈을 정혁은 처음 보았단다.

옛날이나 지금이나 내게 있는 한 가지 독특한 버릇은 무슨 생각을 골몰히 하다 보면 내려야 할 버스 정류장도 몇 정류 더 지나서 내리기 일쑤요, 날 알아보고 마주보고 웃는 사람도 눈에 들어오지 않아 무심히 지나치게 되는 것이 내 별난 습성이었는데⋯⋯ 그 열흘 뒤 철훈은 중매 들어왔던 여자와 결혼식을 올렸다.

운명의 신은 그런 사소한 느낌과 오해로 연분의 끈을 사선으로 만드는구나. 얼마나 무서운 편법이랴. 그것을 사람들은 인연이라 부르던가.

창밖엔 억세고 굵은 빗줄기가 베란다에 내리치고 있었다. 전화벨이 울렸다.

"여보세요?"

"나야, 회사야, 조금 전에 도착했어. 일이 일찍 끝났거든."

"여보, 소나기가 와요."

"그래, 베란다에 빨래 걷어. 또 멍청히 서서 바라보고만 있지 말구. 내 그래서 전화했어. 보나마나 또 다 적셨겠지."

"아주 억센 빗발이에요."

"당신 소나기 처음 보나?"

찰칵.

세월이 가면 추억도 퇴색되는 걸까?

참으로 나는 긴 세월을 사는구나. 한 사람의 청년 시절부터 죽음까지 모두를 보아 오고도 이렇게 건재하고 있으니까.

윤정옥
소설집

금지된 환상

금지된 환상

몽상

아침 햇살이 비취는 뜰 안의 나무에 작은 새가 앉았다. 바람에 한잎 두잎 떨어지던 나뭇잎은 새가 나뭇가지를 흔들어 놓고 날아갈 때마다 우수수 떨어져 내린다.

마당 한가득 여름 한 철 파랗던 풀들은 생기를 잃었다. 결국 한 해를 넘기지 못하고 겨울철 얼어 죽어야 한다는 걸 저 풀들은 알고 있는 것일까? 그리고 죽은 몸이 거름이 되어야 다시 후손들이 퍼져 나갈 수 있다는 것도.

그때 홀연, 누군가 민철의 곁을 스치고 지나갔다. 그는 고개를 돌려 바라보았다. 거실 창안으로 들어온 햇살이 비추는 아무도 없는 실내는 고요, 그대로였다. 근래에 자주 그랬다. 분명 누군가 스쳤다. 다시 확인하면 어느 땐 곤충 한 마리가 지나가고 있기도 했다.

누구일까, 민철은 지나간 사람이 분명 누구일 텐데 누구인지 감이 잡히지 않는다. 아무렴 어떠랴. 이런 착각은 자신한테만 나타나는 증상일까, 고개를 갸웃한다. 그런데 그는 오래된 기억일수록 더욱 뚜렷이 기억했다.

민철은 왜, 지난 기억들을 잊을까봐 꼭꼭 붙잡고 싶어 하는지 모른다. 마치 자신이 그땐 분명히 살아있었다는 것을 더욱 뚜렷하게 증명해야 하는 듯이. 같은 장면의 기억과 추억들도 곱씹고 또 되씹었다. 아무도 관심 없고 알지 못해도 자신만은 생생하게 득도 안 되는 기억들을 떠올리고 또 떠올리곤 했다.

해풍에 솔잎이 나비 날개이듯 흔들릴 때 나무 그늘아래서 친구와 함께 담배 피며 쓰잘 데 없는 대화를 나누던 그 장면까지도 떠올리며 민철은 어디였었나 몇 시간이고 계속 어디였었나, 떠오르지 않는 그 장소를 생각해 내려고 애썼다.

그렇다고 기록까지 해놓진 않는다. 그저 무작위로 떠올라오는 지나간 장면, 혹 어떤 상황, 먹었던 음식, 무어라고 했었던 말, 들었던 음악, 이해할 수 없었던 상대방의 표정 등, 특별한 것 없어도 자기와 상관없는 그저 옛것들을 떠올렸다. 몇 십 년 전 젊은 시절도 바로 어제 있었던 일처럼 생생히 뇌리 속을 오고 갔다. 어쩌자는 것일까. 잠 못 이루는 밤이면 잠자리에서 수많은 소망들이 파도처럼 밀려왔다 사라지며 몸을 뒤척이게 했다. 그 속에 베트남 여인, 루아의 얼굴도 스쳤다.

그는 가끔 나무가 하는 소리도 들었고 산과 바다의 소리도 들었다. 강이 하는 소리는 속살대는 것이다. 민철은 스스로 이상하고 자신 안의 누군가를 의식하기 시작한 것은 오 년쯤 되었다고 할까. 아니 더 오래전일 수도 있다. 확실하게 그가 누구인가를 붙잡으려 한 것만 오 년이란 기억이 맞을 것 같다.

민철은 이제 칠순 고개에 서 있다. 어떤 땐 꿈에서 있었던 일인지 TV에서 보았던 것인지 혼돈이 올 때도 있다. 혹치매 증상은 아닐까, 슬며시 걱정이 되기도 한다. 그러나 그 증상은 벌써 사십 되기도 전에 젊은 나이 때부터였는걸, 생각하면 치매는 아닐 것이다.

그는 휴~ 가슴을 쓸어내린다. 천만 다행한 것은 그 모든 상념들이 추하다거나 살벌하다거나 아름답지 못한 쪽은 아니라는 것이다. 그것은 얼마나 다행한 일인가.

현실적으로 아무 득도 없지만 연민 같은 그런 추억들의 연속이었다. 공상병 이라고 해야 할지…. 그때 무슨 소리가 난다. 요즈음 들어 한쪽 귀가 조금 어두워지기 시작한 것 같다. 분명 무슨 소리가 났는데 이젠 스치는 모습에서 소리까지? 민철은 놓치지 않기 위해 빠르게 돌아보았다.

"그렇게 안 들리세요? 차 드시겠냐고 몇 번째 물어야 되겠우?"

저 마누라가 통시 불쑥 차 한 잔을 내밀고 가더니 오늘따라 왜 차를 먹겠느냐고 물어봐?

"오늘 동창 모임이 있는 날 아니우? 점심상 차려 놨어요. 냉장고에서 김치만 꺼내시면 돼요."

그러고 보니 민철의 아내는 화장도 진하고 외출복을 입은 것이 나가기 전에 민철에게 미안한 듯 새삼스럽게 차를 마시겠냐고 물은 것 같다.

"어여 걱정 말고 갔다 와."

"예, 갔다 오리다"

아내가 나가고 현관문 닫는 소리를 들으며 민철은 TV를 켠다.

다문화 가정의 아이들이 나오고 어느 한 집이 소개되고 있었다. 베트남의 가무잡잡한 여인이 부엌에서 익숙지 않은 우리나라의 요리를 만드느라 진땀을 빼고 있다. 아이는 그림책을 보며 '안 돼!' '하지 마!' 소리만 되풀이하고 있었다.

민철은 안타까운 마음이 들면서도 어딘가 거부반응이 인다. 의식 저 밑바닥에서 송곳 같은 것이 정곡을 찌르고 지나간다. 그는 채널을 돌린다. 울컥 상념이 뒤집힐까, 두렵기도 한 것이다. 민철이 자랄 땐 사람들은 은연중 단일민족 국가임을 자랑스러워했다. 그렇게 배운 탓일까. 허긴 지금 우리나라는 출산 인구가 제일 적은 나라로 인구가 줄어들고 장차 노동력을 걱정해서 출산장려와 다문화 가정을 치켜세워주고 있다. 어찌 보면 다문화 가정을 대하는 인식이 너무 늦게 왔는지도 모른다. 이웃과도 우애 있게 살지 못하는 사람들이 한 핏줄이란 명목을 내세우며 단일민족국가라고 자랑한다는 건 발전을 저해하는 뒤떨어진 사고방식일수도 있다. 엄밀히 따지자면 우리도 순수 단일민족이라고 단정 짓지는 못한다. 수많은 외세의 침략을 받아왔음이다.

아직까지도 미국이란 나라에서는 백인과 동양인, 흑인을 차별한다고 한다. 그것이 무얼까? 백인이라는 우월감에서 오는 것이 아니고 무엇이랴. 육이오 전쟁 이후 혼혈아를 보면 '트기'라고 놀렸고 어른들은 그들을 '아이노꼬'라고 불렀다. 그래서 지금껏 서양인과의 혼혈아는 아직도 부정적 인식이 뇌리 속 어딘가에 심어져 있다. 더구나 검둥이 혼혈은 이 사회에서 꿋꿋하게 살아남기 어려웠다.

사람들은 육이오 이후 그들을 가장 천박하게 인식하기 시작했다. 유엔군이 들어오면서부터 여염집 부녀자들 강간이 심했고 육이오 이후부터 양공주가 생겨났기 때문이었다. 그때부터 혼혈아가 눈에 띄며 사람들은 그들을 저급한 족속처럼 인식하였다. 전쟁으로 인한 상처는 아녀자들의 성폭행이 가장 컸을지도 모른다.

기억의 씨앗

민철은 리모컨으로 TV를 껐다. 더 할 수 없는 고요가 그를 에워싼다. 그는 거실 소파에 길게 드러눕는다. 민철은 고요한 시간이 오면 홀연히 그때가 떠오른다. 그리고 잇달아 그 여자가 떠오른다. 어느새 그는 그 산속으로 익숙하게 걸어 들어가고 있다. 지금은 잊혀질 때도 됐건만 왜 기억은 명령하지 않았는데도 자신을 잊고 싶은 장소로 또 끌고 가는 것일까. 어쩌자고…….

그 여자 '응웬 티 루아' 월남 여인. 지금 무얼 하며 살고 있을까? 아니 죽었을지도. 민철은 그때의 작전지였던 장소와 대민지원을 나갔던 동네도 필름 돌리듯 기억을 되돌려 더듬어 보았으나 가슴에 새겨진 정감은 선명한데 기억의 화면은 안개 낀 듯 투명하지 않다.

'그곳이 내가 젊음을 바쳐 날아오는 총알 속에서 초긴장하며 격전하던 곳인가. 전우를 잃고 울며 걸어가던 정글지대였던가. 루아!' 초주검이 되어 겁먹은 눈으로 바라보던 시선. 자신의 삶과 죽음의 갈림길에서 어찌 될지 모르는 운명에 그녀가 할 수 있는 것이란, 간절히 기도를 하며 '살려주세요!' 소리일 뿐이었다.

백마부대 00연대 0대대 00중대. 민철은 혈기 넘치는 23세의 파월 장병이었다. 투이호아 인근 해발 1,500미터 고지 능선에서 그는 수색 작업을 폈다. 부대원들은 긴 바위가 덮여 있는 그곳에 접근했다. 바위가 덮여 있는 입구에 베트콩들이 조금 전까지 음식을 해먹은 불씨가 그때까지 살아있었다. 긴장되었으나 전적을 세워야겠다는 목표가 용기를 부추겼다. 동굴을 들여다보았다. 동굴 입구는 오랫동안 발길로 다져진 듯 반질반질 길들여 있었다. 그들이 드나든 증거였다. 중대장은 명령했다.

"수색하라"

'동굴을 수색?'

민철은 가슴이 서늘해졌다. 난감한 것은 동굴 수색은 목숨을 버릴 각오로 하지 않으면 할 수 없었다. 단지 고성능 랜턴과 대검으로만 무장한 채로 들어간다는 것은 위험했다.

돌발 사태의 경우 백병전으로 적을 제압해야 했다. 난감한 일이었다.

중대장으로부터 명령을 받은 소대장인 민철은 전부 꺼리고 있는 부하들을 향해 소리쳤다.

"나와 같이 동굴에 들어갈 용사 두 명만 나와라!"

호기 있게 소리쳤다. 위험한 동굴 속을 부하에게만 맡길 수가 없었다.

대원들은 잠시 반응 없이 조용했다. 분대장인 김병장이 몇 명이서 의논을 하더니

두 명이 자원을 하며 앞으로 나왔다.

"허헛! 김병장 나는 이미 너 일줄 알았지"

그리고 김병장 분대 소속대원인 홍상병이 나왔다. 그는 한 달 전에 무공 수훈자로 고국에 휴가까지 다녀온 용감

한 전우였다. 지원자가 결정되자 소대는 한동안 숙연했다. 서로가 말이 없었다. 민철의 전령인 이상병은 침울한 목소리로 말했다.

"소대장님, 꼭 이렇게까지 하셔야겠습니까?"

그는 민철을 보며 몹시 염려스러운 얼굴로 만류하고 있었다.

"야, 임마 괜찮아, 나 안 죽어"

민철은 그를 포옹하며 등을 두드려 주었다.

세 사람은 동굴 속으로 진입할 준비를 시작했다.

x 반도에 매달려 있는 수류탄 2발과 1미터 남짓한 나뭇가지에 대검을 친친 감고

왼손에는 동굴수색용 랜턴과 탄띠에 비상용 로프도 잊지 않았다.

하나하나 점검을 해 나갔다. 준비가 끝났다.

경험으로 볼 때 그들의 동굴은 단순한 동굴이 아니다. 경우에 따라서는 여러 층으로 미로처럼 요새화 되어있다는 것을 알고 있었다.

수색대원들은 칠흑같이 어두운 동굴 속으로 진입했다. 잠시 명현현상으로 앞이 안 보이는 데도 대원들의 눈빛은 번뜩였다. 바위와 바위틈새에 살림도구와 나뭇가지로 얼

기설기 만든 침대도 보였다.

1층, 2층, 3층 계단식 동굴의 길은 음침하고 섬뜩한 전율이 몸에 감돌았다. 민철은 식은땀이 흘렀다. 금방이라도 곁에서 튀어나와 목을 휘어 감고 무성무기 공격을 당할 것 같은 초조감이 전신을 엄습했다. 대원 세 명은 가급적 간격을 최대한 좁혔다. 서로가 뒤로 손을 뻗쳐주며 조심스럽게 한발 한발 전진하고 있었다.

15분쯤 지났을까. 정적이 덮어 누르던 동굴에서 이상한 소리가 들려왔다. 귀가 쭈뼛하고 신경이 한곳으로 쏠렸다. 지하수가 흐르는 물소리였다. 아, 여기가 동굴 끝이구나, 민철은 직감했다.

이어서 신음소리가 들렸다. 정지한 채 온 신경을 집중하니 아기 울음소리도 들려왔다. 그제서야 김병장은 민철에게 눈으로 신호를 보내왔다. 민철은 알아서 하라는 신호로 고개를 끄덕였다. 순간 김병장은 물밑 납작한 바위 틈에 랜턴을 켜 들이대고 무조건 걸리는 대로 손을 넣어서 잡아당겼다. 사정없이 움켜쥐고 끄집어냈다.

아이를 가슴에 꼭 안은 채 한 여자가 딸려 나왔다.

'아니, 세상에 이럴 수가……'

세 사람은 모두 놀란 눈으로 바라보았다. 이젠 더 이상

수색할 필요가 없어서 그녀를 데리고 동굴을 조심스럽게 빠져나왔다.

작전 중에 포로는 무척 귀찮은 존재이다. 별도로 경계병이 따라다니며 감시해야 하고 사실상 적군을 대동하고 전투를 하는 거나 마찬가지이다.

아이가 딸린 엄마.

월남군 통역으로 파견된 편의대 복장의 통역관이 즉석 심문에 들어갔다.

"슝 어도우?"

총이 어디 있느냐고 물었다.

"꽁비엣"

그녀는 공포에 질린 얼굴로 모른다고 답했다.

"아이뗀지, 아이뗀지"

통역병이 이름을 대라고 소리쳤다.

그들은 한참을 묻고 답했다. 나중에 알았지만 그녀는 월맹군 연대장 부인이었다. 자기 남편은 미군 비행기 폭격으로 죽었다고 했다. 그날따라 아무런 전과도 못 올리고 있어서 중대는 사기가 말이 아니었다. 설상가상으로 산 중턱 쯤에서 2소대 대원들이 고산족인 몬타나 족을 무려 18명이나 잡아 데리고 왔다. 몬타나 족은 베트콩이 아니고 고산에서 살아가는 고산족이었으나 그마저 나중에 안 일이었다.

대대에 보고를 한 후 할 수 없이 하룻밤 야영을 하고 헬리콥터로 랜딩을 할 수 있는 개활지까지 내려와서 포로수용소로 후송을 하기로 결정을 내렸다. 그날 저녁 야영은 민철의 천막 옆에서 그녀를 재웠다. 무전병이 밤 새워 보초를 섰다. 그녀와 어린애는 공포의 밤이었을 것이다. 민철은 잠이 오지 않았다. 포로 여자 때문에 신경이 쓰였다.

아침이 되어서야 민철은 그녀에게 복숭아 과일 C레이션을 한 통 따서 내밀었다. 전날과는 달리 그녀는 다소 진정이 된 표정이었다. 그리고 민철에게 고맙다며 하얀 치아를 내보이며 웃었다. 산속에 사는 베트콩치고는 너무 예쁜 미모였다.

전과로 인정해주지도 않는 포로는 귀찮은 존재일 뿐이다. 경계병까지 별도로 배치하는 등 작전상 전투력 손실이 이만저만이 아니다. 전쟁터에서 포로는 첩보가치가 있나 없나로 죽고 사는 생사가 갈리기도 한다. 유순해 보이기만 하는 인상의 중대장은 그 때문에 난감해했다.

민철은 중대장에게 포로수용소로 보내자고 소청을 했다. 은근히 후송할 것을 주장하며 중대장의 눈치를 살폈다.

"포로에 대한 예우를…."

고민하던 중대장이 끝내 거칠게 말했다.

"조용히 해. 이게 무슨 전쟁드라마인줄 아냐? 임마! 이 딴 거 걱정 말고 니 임무나 잘 해. 알았어?"

중대장은 흔들리는 가지를 꺾어 버리듯, 민철의 말을 꺾었다. 파병 전에 포로는 어떻게 대하여야 하고 만약 본인이 포로가 되었을 때는 어떻게 대처해야 한다고 교육받은 것을 떠올리며 겨우 말했는데, 민철은 이율배반적인 상황에 갈등이 일었다.

그러나 민철이 간절히 바랐던 대로 그날 오전에 무사히 개활지까지 내려와서 몬타나 족 18명과 월맹군 부인이라는 그녀와 아이까지 모두 20명을 UH 헬리콥터에 실어 보냈다.

민철은 그녀가 떠날 때의 모습을 다행스런 시선으로 바라보았다. 아니 무사하기를 기원했다. 평화가 가득한 표정으로 미소까지 띠우던 월남 여인. 민철은 그때 일을 가끔씩 떠올리며 전쟁터에서의 뿌듯한 일로 기억하였다. 헬리콥터에 실어 보낸 그때의 중대장 또한 잊을 수 없는 모습으로 가슴 깊이 새기게 되었다. 민철은 중대장의 선택은 옳았다고 지금도 고개를 끄덕이게 된다.

민철은 늙어버린 자신 만큼이나 늙었을 포로 '루아'를 떠올리며 그려보나 젊은 그때의 모습만 떠오른다. 우연히 만나 강한 끌림에 매료되는 것은 그 외모가 매력적이기도 하지만 영혼의 이끌림 아니었을까. 그것은 전생의 인연이었을 수도 있지 않을까. 민철은 루아와 그때의 만남에 특별한 운명 같은 걸 느낀다. 기억이란 게 참 무서운 거라고 생각된다. 기억과 추억보다도 더 기이한 것은 의식이 자꾸 허구의 상상 속으로 끌려가며 사실이라고 각인시켜 주는 것이다. 이러다 정신분열이라도 생기는 것 아닐까. 생각이 거기에 미치자 민철은 고개를 흔들어 버린다.

민철은 베트남을 찾아가 보아야겠다고 생각을 한다. 어디까지가 현실이고 어디까지가 허구의 상상인지 추억을 인쇄해둘 필요가 있겠다 싶은 것이다. 그러나 그 모든 것은 사실에 의존하고 있으니, 확인하고 싶다. 어찌 잊을 수 있으랴.

민철은 무슨 결심을 하고 나면 불이 나도 해야 된다는 신념을 가진 사람이다. 더 늙기 전에 한번 가는 것이 맞는 일이라고 마음먹는다. 자신의 아집일수도 있겠지만 그는 정당한 주장이라고 생각한다. 민철은 마누라가, '그게 어떻게 주장이우? 비뚤어진 고집이지. 이기적인거지.' 하며 늘 자신의 말에 눈을 흘기고 비딱한 반응을 보여 왔으니까, 자주 무시해왔고 또 무시할 참이다.

하늘, 산, 강이여

민철은 베트남으로 향했다. 비행기 속에서 댓 시간이 지나자 더운 공기가 에워쌌다.

열대지방으로 들어선 모양이었다. 잠을 자두려고 했으나 사십여 년 만에 월남을 다시 간다는 설렘 때문에 눈은 감고 있으나 잠은 오지 않았다. 베트남이 가까이 오고 있었다. 창밖으로 남지나해의 짙푸른 물결이 한눈에 들어왔다. 모든 역사를 품고 있는 바다는 기억의 보고이기도 했다.

베트콩들은 민심을 이용한 교란작전을 펼쳤다. 양민들을 앞세우고 뒤에 숨어서 작전을 폈다. 낮에는 한국군이, 밤에는 베트콩들이 마을을 지배했고 많은 양민들이 총받이가 되어 희생되었다. 먼 훗날 신문에는 한국군이 선량한 민간인들을 죽였다고 보도했다.

월남전 상황은 독특해서 민간인들의 인심을 얻어야 했다. 군인들은 부대 주변의 민간 마을에 내려가 대민지원을 했다. 한국군의 작전이 성과를 거두기 위해서는 지역 주민들의 협조가 필수적이었다. 한국군 채명신 초대 사령관은 명령했다.

"100명의 베트콩을 놓치더라도 1명의 양민을 보호하라!"

사령관의 훈령에 따라 전 장병이 민사심리전 요원이 되어 적극적인 민사작전을 병행했다. 민철이 고아원에 지원 나갔을 때 많은 고아들이 있었다. 한 어린아이를 안으니 여기저기서 애기들이 안아달라고 팔을 벌렸다. 전시에 엄마 아빠를 잃은 아이들은 한번 안았다가 내려놓으면 울었다. 정에 허기진 아이들의 울음소리가 아직도 민철의 가슴에 아픔으로 새겨져 있다. 어느 전쟁터에서든지 부작용은 있었다. 상대를 죽이지 않으면 자신이 살아남을 수 없는 곳, 어떻게 그런 전쟁터에서 도덕성을 바라겠는가. 민철은 아직도 뚜렷하게 기억했다. 죽은 베트콩 여인의 시체에서 유방과 성기를 잘라서 부대로 가지고온 병사도 있었다. 그것을 산사람의 것으로 오도하기도 했다.

그런데 6.25전쟁 때에는 유엔군들이 들어오면서 우리의 선량한 아녀자들을 가장 많이 강간하였다. 엄청난 성폭행은 사과 한마디 받지 않고 그냥 넘어갔다. 남한과 북한전쟁으로 미군이 파병되어 와서 한국군과 함께 싸우며 수천 명이 죽고 다쳤다. 그러니 목숨도 내놓는 판에 강간의 배상을 하라고 요구할 수는 없었을 것이다.

이념 싸움에 남과 북 뒤에는 미국과 소련이 대결하였다. 베트남전에서는 우리나라 여인들의 남편, 노모의 아들들이 참전하여 월남을 돕다가 팔이 잘리고 부상을 입고 와서 영원히 불구자로 산다. 민철은 자신의 왼손을 한번 만져본다. 차가운 실리콘 손.

베트남은 전쟁 후 우리와 수교를 맺으며 과거는 서로가 똑같이 피해를 주었으니 서로 따지지 말자고 조약을 했다. 그런데 그들이 요구하지 않는데, 우리 측에서 월남까지 가서, 애써 들추어가며 빌러 간다는 기사를 보았다. 물론 전쟁 시에 참혹한 상처를 입힌 죄에 대하여 사죄를 한다는 건 대단히 인간적이며 도덕적인 일이다. 민간인들이 앞으로의 국가차원의 외교를 위해, 국민 간의 화합과 용서를 비는 사과는 좋다고 본다. 그러나 잔혹한 피해를 입은 건 그들만이 아니었다. 우리 측도 베트콩에게 처참하도록 많이 당했다. 전쟁 자체가 있어서는 안 될 일이다. 누가 누구를 죽일 권리를 가졌단 말인가. 용서받지 못할 인류의 죄악이었다.

민철은 여기에 생각이 미치자 의자에 기대었던 등을 곧

추세운다. 스튜어디스에게 냉수를 부탁한다. 받아든 찬물을 벌컥벌컥 두 컵이나 마신다. 우리의 가족들이 월남전에서 그들을 돕다가 죽어서 시체로 돌아왔다. 미국은 베트남전에서 뒤로 물러서며 최종방법으로 고엽제를 뿌렸다. 숱한 전우들이 고엽제 환자로서 죽거나 병든 채 살아가고 있다. 민철은 그보다 6.25 때 성폭행당한 여인들의 피해를 먼저 유엔국에게 사과와 보상을 하라고 요구하고, 고엽제 피해 등은 미국에게 보상을 받아내야 했었다고 본다. 자기네 나라에서의 전쟁이었으면 고엽제를 뿌렸을까.

민철은 드디어 45년이 넘어서 다시 월남 땅을 밟았다. 묘한 월남인 특유의 냄새가 나는 듯했는데 그 역겨웠던 기억 속의 냄새가 반갑기조차 하였다. 거리는 젊은이들의 활보와 폐허 위에 세운 현대식 건물들이 전혀 다른 나라에 와있는 듯했다. 언제 전쟁을 겪은 나라이냐 싶게 생기가 흘렀고 흔적을 찾을 수 없었다. 놀라운 발전이었다. 베트남 사람들은 오랜 세월 지리적 특성에 맞는 게릴라전을 터득하고 그것을 훈련해온 노련한 명수들이었다.

민철은 작전지를 둘러보았다. 현장은 찾을 수 없었고 머릿속의 옛 전쟁터가 화면처럼 눈앞에 펼쳐졌다. 월남의 정글은 방향감각을 잃게 했었다. 조금 전 바다를 보았는데 조금 더 들어가면 또 숨 막히는 정글이 가로막았다.

몇백 년간 어느 때부터 자라온 나무들일까, 빽빽이 들어찬 우거진 나무들 때문에 방향을 가늠할 수 없을 지경이었다. 민철은 길을 잃으면 큰일이란 생각에 긴장하며 걸었다. 정글 속에서의 낙오는 곧 죽음을 의미한다고 파병 전 오음리의 훈련 때부터 귀에 못이 박히도록 들었다.

하늘도 보이지 않고 3m 앞도 보이지 않는 게 작전지인 산속이라 어떤 종류의 화약류보다 소총 사격이야말로 자신의 목숨을 구해주는 정글전의 기본 무기인 것이었다. 길고도 지루한 작전이었지만 그래도 그들은 젊은 혈기를 가진, 전쟁터에서의 대한민국 군인이란 자부심을 가졌다. 월남, 그들의 하늘과 땅은 변함없이 조국을 지키고 있었다.

작전 중에 우뚝 솟은 산山이 말했다. 그때, 민철은 들었다.

"난 호치민을 도와야겠어. 천년의 전쟁이 이어졌어도 우린 다 물리쳤어, 그만큼 강한민족이야, 이런 전설 들어봤어?

지웅이란 마을에서 태어난 세 살짜리 아이가 북쪽에서 적이 쳐들어오자 갑자기 건장한 장수로 돌변, 격퇴시켰다는 전설 말이야, 그 정도로 우리 베트남인들은 외적과의 싸움에 익숙하여 두려워하지 않는다는 말."

늘 그들의 근처에서 흐르는 강[江]이 대답했다.

민철의 가슴속에서 나는 소리를 그는 말하고 있었다.

"난 한국군을 도와야겠어. 한국군이 무슨 죄야?"

산이 물었다.

"왜?"

"우리와 역사가 비슷하잖아? 한 번도 남의 나라를 침략한 적이 없는 온순한 국민들이라구! 우리처럼 외세의 침략만 받아왔잖아?

그때 나무가 휘ㅡ잇 움직이는 소리를 냈다.

"아, 저기 온다. 병사가 지쳐있네, 바람을 일으켜 줘야겠어."

'아! 시원하다'

민철은 불어오는 바람에 흔들리는 나뭇가지 아래서, 이마의 땀을 팔뚝으로 훔쳐냈다. 작전지인 북쪽에 위치한 산악의 정글을 수색하고 숨어있는 베트콩을 섬멸해서 마을로 침투하는 적을 막는 임무였다.

정글을 헤치며 소리 나지 않게 가고 있는데 갑자기 그림자가 스쳤다. 베트콩이었다. 먼저 발견한 본 대원 한 명이 소총으로 쏘았다. 병사들은 재빠르게 양옆으로 엎드리며 경계태세를 갖추었다. 여럿이서 합세해 쏘아대자 베트콩은 팔다리를 휘저으며 픽 쓰러졌다.

바위 아래 숨어있던 또 다른 베트콩 한 놈이 도망가며 쏜 총에, 옆에 있던 홍상병이 옆구리에 총을 맞고 검붉은 피를 흘렸다.

"위생병! 위생병!"

민철은 다급히 소리쳤다.

수십 발의 총알이 도망가는 놈을 향해 쏘아대자 그 놈도 쓰러지고 말았다.

"저격입니다."

무전병이 중대장한테 보고하자 중대장은 흥분해서 외마디소리를 질렀다.

"뭐라고? 저격? 홍상병이 전사했다구?"

민철이 홍상병을 들춰 메고 가는데 그럴 시간 없다며 모두 대피하였다. 긴급 상황이므로 민철도 숨이 넘어간 홍상병을 두고 산을 내려왔다. 한국군은 절대로 시체를 버리지 않는다는 전우애가 있었다. 베트콩이 떠나고 다음 날 민철과 김상병이 다시 고전지였던 그 자리에 가서 홍상병 시체를 메고 왔다. 홍상병의 시체는 이미 썩어가기 시작했는데 까마귀 떼가 내장이 드러난 속살을 파먹고 있었다. 천 년 간의 전쟁을 지켜온 정글 속, 땀방울이 등골을 흐를 때 미지근한 감촉이 느껴졌다.

전라남도 담양이 고향인 홍상병은 애인한테서 온 편지를 읽고 또 읽으며 흐뭇해했다. 편지와 함께 대나무 아래서 찍은 사진을 민철에게 보여주었다. 홍상병은 월남의 사진엽서나, 양산 같은 것을 애인에게 부쳐주기도 했다. 동료에게도 보여주며 자랑하던 그였다. 그는 그 사진을 수첩에 넣어서 품고 다녔다. 민철은 꼭 한번 가보고 싶다고 말하였었다. 애인의 사진을 보며 행복해하던 홍상병! 착실하게 급여와 수당을 모아서 결혼자금을 만들겠다며 월남을 지원했는데…. 알뜰하게도 우리 대원들이 필요로 하는 물품들을 모아 제공해 주어서 대원들은 상당히 홍상병에게 고마움을 느끼고 있었다.

민철은 뜨거운 눈물을 흘렸다. 민철은 외쳤다.

"강아, 산아, 우리는 통곡한다. 왜 우리가 남의 나라에 와서 죽어야 하느냐 말이다. 바보같이. 나는 이번 전투에서 전우 홍상병을 잃었다. 커피, 설탕을 주머니에 넣었다가 언제든지 쥐어주는 우리의 살림꾼이었는데…"

"홍 상병!…"

민철은 소리치며 눈에서 흐르는 눈물을 훔치고 찢어진 가슴속으로 흐르는 핏물을 삼켰다.

산이 그 모습을 보며 독기어린 목소리가 되어 말했다.

"자신들의 이기를 위해서 전쟁을 하는 인간들을 못 봐주겠어. 결코 가만두지 않을 테야. 누가 누구를 죽일 수 있단 말이야? 미국, 전쟁을 일으킨 너희는 이번 전쟁에서 반드시 항복하고 물러가리라─. 이건 분명 침략이야. 나는 프랑스가 물러갈 때까지 이민족을 백 년간 지켜온 수호신이야. 결코 멸망은 없어."

구름이 그의 말을 거들었다.

"인간들은 핵전쟁도 불사해, 두고 봐. 아틀란티스와 뮤가 한 전쟁도 핵이라고 알고 있어. 지금 태평양 앞바다에서 그 증거물을 건져 올리고 있다잖아?"

산이 대답했다.

"인간의 생각은 무의식 세계로 흘러 들어가고 긍정적인 사고보다는 부정적 사고에 더 익숙해져 있어. 부정적인 생각은 전진하여 부정적 생각으로만 거침없이 치닫는 성질이 있다. 부정적 생각들을 긍정적 생각으로 바꾸어야 발전할 텐데."

"산아, 지축이 움직이면 변괴가 나고 수많은 나라가 재해로 망하는데 인간은 왜 남의 일처럼 굿 보듯 하고 자신만은 살아남으리란 오만함만 갖고 설마하며 살고 있는 걸까? 지진과 수없이 많은 사건으로 죽어가고 있는데 이웃 나라들이…"

그때 바람이 지나가다 멈추었다.

"태평양 앞바다의 일본 섬이 왜 저렇게 초토화됐는지 아니? 2차 대전 때 죽은 수많은 영혼이 원한의 바람을 뭉쳐서 일으키고 있어."

"그럼 어떻게 해야 될까?"

"넌 그들이 태평양 전쟁을 일으킨 만행을 용서할 수 있겠니?"

"모든 신들은 잘못을 뉘우치고 올바른 길을 가면 보호해 주신다고 했어"

"과학만이 다가 아니야! 중요한 것은 우리 마음속에 있거든?"

"어떻게 해야 인간을 뉘우치게 만들까?"

"깨달을 수 있어야 뉘우칠 수 있는 거지"

"먼저 깨닫게 하는 방법은 무얼까?"

"불행이 닥쳐야 그때야 아이쿠 하느님 잘못했습니다.

그때야 비는 인간들… 어리석음 덩어리들…"

민철은 놀라서 걸음을 멈추었다. 주위를 둘러보았다.

산은 혀를 찼다.

아직도 교활을 떨고 있구나… 아, 불쌍한 인간들아…"

강은 안타까움을 가슴속으로 흘러내리고 있었다. 민철은 그들의 말을 듣고 있는 자신을 바라보았다.

나뒹구는 베트콩의 수많은 시체를 보면서 불쌍하단 생각이 안 드는 것은 왜일까. 오히려 단 한 명의 아군 전사자가 더 가슴 아팠다. 까마귀 떼들이 몰려들었다가 놀라 도망가기도 했다.

민철은 시체를 보며 오히려 적개심과 복수심에 몸을 떨었다. 어떡하던지 한 놈이라도 죽여야 했다. 전쟁을 해보니 사람과 적이 다르다는 것을 느꼈다. 아군의 부상과 시체를 보면 분노로 인해 모두들 독 오른 독사의 눈이 되었다. 복수심이 폭발할 듯 끓어올랐다.

생포라도 해서 정보라도 얻었으면 밑질 것은 없지만 그런 놈 하나 죽이겠다고 얼마나 많은 실탄을 허비했으며 얼마큼의 조명탄이 하늘에 떴던가. 베트콩 시체 옆에 처음 보는 장총이 1정 떨어져 있는데, 2차 대전 때 쓰던 구식 장총이라는 고참 들의 얘기를 듣고 민철은 놀라서 벌린 입을 다물지 못했다.

남루한 베트콩들이 최강의 현대식 무기를 갖춘 미 군대를 상대로 목숨을 걸고 싸우고 있다니…… 심지어 그들을 비웃기까지 했다. 그들은 정글을 배경으로 주로 은밀하게 작전을 펼치고 행동했다.

월맹군은 무서운 정신력을 갖고 있었다. 수류탄만 들고도 침투할 수 있는 의지와 신념의 소유자들이었다. 그들은 그들만의 민주적 질서가 보장되는 인간적 군대였다. 전투원 각자 모두가 목적을 알고 싸우는 강한 군대였다.

민철은 충성을 바쳐야 할 대상도, 월맹과 원한 맺힌 적이 있는 것도 아니었다. 자신의 직분에 충실하기 위하여 목숨을 걸고 싸웠다. 그들은 월남인들을 위해 싸우러 왔지만 거리에서 만나는 월남인들은 그들을 은인으로 고마워하지 않는 것 같았다. 월남인들이 던지는 눈빛은 호의적이지 않았다.

월남전은 민주주의와 공산주의의 대결이 아니었다. 외세침략에 대항하는 온 국민의 열망이 뿜어대는 독립투쟁이었다. 호치민은 절규했다.

"우리에게 자유와 독립보다 중요한 것은 없다. 미군이

사라질 때까지 싸우라! 그리고 괴뢰 정권이 쓰러질 때까지 싸우라!"

1956년 미국의 배신으로 자유총선에 의한 통일을 이루지 못한 데 대한 통한의 절규였다. 월남군은 그들을 대상으로 베트콩과 싸웠지만 이렇게 말했다.

"나는 공산주의는 싫지만 호치민은 존경한다. 호치민은 머리로 일하지 않고 항상 뜨거운 가슴으로 일한 휴머니스트였다. 그는 진정 민족을 사랑하는 훌륭한 민족 지도자였다."

그가 공산주의자냐, 아니냐의 논란은 민족을 위한 뜨거운 애정 앞에 의미가 없다.

그들은 말한다. '호치민은 신이 선택한 지도자'라고. 더 이상 무슨 말이 필요한가. 아무도 그들을 이길 수 없었다. 프랑스도 중국도. 자존심 상한 미국은 포기했다라고 하지만 사실상 전쟁에서 진 것이다. 그 말만큼은 결코 표현하지 않는다. 영원히. 강대국 미국의 자존심에 흠집 내는 말이기 때문이다. 명예로운 철수라고 못을 박고 있다.

미국은 월남 전쟁에서 5만6천 명이 전사했고 35만 명이 부상당했으며 항공기 3,695대 헬기 4783대를 잃었다고 집계했다. 미국이 월남군에게 넘겨준 50억 불 상당의 군사

장비도 모두 월맹의 손으로 들어갔다. 그만큼 부패한 탓이었다.

월맹군들은 끝내 자유와 독립에 대한 열망으로 통일을 이루어 내었다.

강江의 묵직한 음성이 들렸다.

"미국이여 겸손하라. 세계대국이라고 마음대로 흔들다간 너희는 멸망하고 말리라. 신의 분노를 너희는 아느냐? 신무기로 퍼부어대도 살아남는 그들의 정신력, 결집력을 이길 수 있겠느냐고?"

강과 산도 비웃었다.

베트남의 전쟁영웅인 보응웬지압 장군(1911~2013)의 말을 들어보자.

"프랑스와 미국·중국을 차례로 격퇴시킨 원동력은 <노예로 사느니 모든 것을 희생하겠다>는 인민들의 의지가 베트남의 독립을 가져왔다. 결국 자유란, 전쟁도 불사하겠다는 불굴의 의지에 의해 지켜지는 것이다."

또 그의 전략은 상식을 넘은 작전이었다.

그의 '3不 전략'은 이랬다.

적이 원하는 시간에 싸우지 않는다.

적이 원하는 장소에서 싸우지 않는다.
적이 생각한 방법으로 싸우지 않는다.

그는 전쟁에서의 승리하는 방법을 역설적으로 뜨거운 입김으로 뿜어내었다.

'전쟁 의지가 평화를 지킨다' 지압장군이 말하는 전쟁과 평화의 뜻은 오로지 나라와 민족을 지켜야 한다는 불굴의 의지였다.

월남에 파병된 지 7개월쯤 지난 뒤, 민철은 적의 보급로에서 야간 매복을 섰다. 종이를 태워 재로 만들어 얼굴에 발랐고 까만색 로션을 발랐다. 이빨만 검둥이처럼 하얬다. 매복을 섰던 민철은 느닷없이 AK47소총 소리가 들리고 습격해온 베트콩을 막아내느라 고전분투했다. '따다콩 따다콩…' 계속 이쪽에서도 쉼 없이 총을 쏘아댔다. 민철 앞의 병사가 넘어지면서 '악! 소대장님 맞았어요…' 소리가 들렸다.

순간, 날아온 수류탄이 터지면서 민철은 땅에 엎드려서 굴렀다. 잠시라고 생각됐는데 조용해서 고개를 드니 전우가 떨어져 나간 민철의 손목을 들어 보여줬을 때 민철은 다시 혼절하고 말았다. 전쟁의 참혹함은 인간의 존엄성을 송두리째 뒤엎었다. 민철은 헬리콥터에 실려 병원으로 후송되었으나 곧 본국으로 귀국하게 되었다. 상이제대였다. 끔찍했던 악몽은 70을 앞에 둔 나이가 된 지금까지 꿈에서나 생시에서나 그를 괴롭혔다. 그것은 생각하지 말아야 할 금지된 기억이었다.

베트남은 천 년간 외적의 침입을 견뎌 왔다. 인간에게 마약보다 더 중독성이 강한 것은 '자유'였다. 한번 자유의 맛을 체험한 자는 목숨을 버려서라도 자유를 지키려 했다. 그 독립정신이 외세를 물리치고 오늘날 베트남을 존재 하게한 큰 이유가 되었다고 민철은 생각했다.

산과 강과 하늘이 동시에 합창하듯 말했다.

'인간이여, 평화를 사랑하고 평화에 감사하라!'

강이 말했다.

'신이여! 알겠습니다. 평화를 향해 흐르겠습니다. 이 지구를 평화의 바다로 만들겠습니다. 도와주소서!'

민철은 가슴을 쳤다.

산과 강과 하늘은 이제 말이 없었다.

민철은 자신의 기억을 더듬으며, 또 다른 현장을 확인하고 싶었으나 비슷한 이미지도 찾기 어려웠다. 당시의 격전지는 이미 역사 저편에 숨어있었고 그것은 사실이었다는 흔적만이 드물게 그의 기억을 노크하고 있었다.

격전지를 둘러보고 마지막 코스로 하노이시 바딘광장 북쪽에 누워있는 호치민의 능묘를 찾아갔다. 웅장한 느낌이 드는 건물이었다. 사람들이 그의 모습을 보려고 능묘 정면의 왼쪽으로 줄을 지어 섰다.

호치민, 그는 적장이었다. 민철은 전율했다.

호치민은 일찍이 말했다.

'혁명을 하고도 인민이 여전히 가난하다면 그것은 혁명이 아니다. 혁명을 하고도 여전히 불행하다면 그것은 혁명이 아니다.'

민철은 호치민이 참 대인이다, 멋지다는 생각이 들었다. 우리 민족사에는 호치민 보다 더 훌륭한 영웅이 많았다. 그런데 갈수록 후세들은 소심하며 이기적이고 조국을 쉽게 버리는 사람들이 늘어만 간다. 많은 새내기 군인들이 이런 평화 시에도 군대에 대한 불만투성이다.

호치민이 죽은 지 반세기가 되어가도록 아직도 베트남인들은 그를 가슴에 품고 존경하고 있다. 그것이 무얼까? 진정으로 민족을 사랑하고, 나라를 구하기 위해 목숨을 미련 없이 내놓을 자가 몇이나 될까? 당시 월남 통치자 들은 사리사욕으로 부패했고 심지어 미군들이 철수하며 주고 간 무기들을 월맹군에게 팔아넘기기도 했다. 이미 예견된 패망이었다.

민철은 자신의 가슴속에서 나는 소리를 듣는다.

'과연 죽기 전에 나는 우리나라의 통일을 보고 갈 수 있을까……?'

"이 친구 여기 있었구만!"

"응?"

민철은 놀라서 소리 나는 쪽을 바라보았다.

"여기서 뭐하고 있는 거야? 지금 다들 자네 찾느라 버스도 못 떠나고 있는데."

"어, 그래? 아이쿠 이거 내가 실수를 했구만. 뛰자, 미안해서 어쩌지?"

두 사람은 땀이 흥건하도록 뛰다가 젖은 남방을 바지 위로 끌어 올려 밖으로 내놓고 뛰었다. 통풍이 되자 남방 안으로 바람이 들어왔다. 헐떡이며 버스에 오른 민철은 앉아서 기다리던 관광객들에게 미안하다는 인사를 하고 자리에 앉았다. 버스는 출발하였고 창밖으로 푸른 가로수들이 바람에 흔들리며 관광객들을 배웅하고 있었다.

산이여, 강이여, 세월이여, 잘 있거라. 이제 언제 또 만나리.

드넓은 초원을 보며 민철은 땀을 닦는다. 아팠던 기억을 지우고 싶은 그는 눈을 감는다. 한 손으로 마주한 실리콘 손을 잡고 그는 기도한다.

'신이여, 다시는 이 지구에서 전쟁이 일어나지 않게 해주소서!'

새로운 모습으로 변해가고 있는 베트남의 거리는 차창 밖으로 아무 일 없었던 듯 지나가고 있었다.

윤 정 옥
소 설 집

숨은
길

숨은 길

I. 석민

"간암 3기입니다"

의사는 재떨이에 담배 재를 털듯이 가볍게 병명을 이야기했다. 핏기가 가시는 나의 경직된 얼굴은 아무 상관 없는 사람의 것이었다. 나는 혼이 나간 사람이 되어 병원 문밖으로 나왔다. 무엇부터 해야 좋을지, 아니 누구부터 만나야 할지, 이제 어디로 먼저 가야 좋을지 도무지 갈피가 잡히지 않았다. 그냥 걷기 시작했다.

"암이라고 해서 다 절망적인 건 아니고 많이들 이겨내고 있습니다."

그래서 그렇게 쉽게 던진 말이었을까. 현대 의학이 많이 발달하여 세계 여러 곳에서 암 정복에 대한 연구 논문이 활발히 발표되고 있기는 하나 치료 단계에서 대중에게까지 보급되기에는 아직도 몇 년은 더 걸릴 것이다.

전혀 상관없이 귀 밖으로만 듣던 이야기들이 나의 것이 되어 가슴을 옥죄어 왔다. 당분간은 나 혼자만 알고 있기로 했다. 아직 나는 37세이다. 살아온 날들보다 살아가야 할 날들이 더 많이 남은 젊은 사내이다. 누구를 붙잡고 하소연해야 하나. 머릿속은 어지럽도록 여러 갈래로 흐트러졌다. 어차피 못 고치고 떠날 바에야 우선 주변 정리를 해야 하는 것 아닌가. 직장과 집, 욕심을 버리고 안 되는 것은 빨리 체념해야 할 것 같았다. 그리고 여태껏 이어져 온 대인관계에서 내가 상대에게 상처 준 것이 있다면 따뜻한 관계로 끝내고 가리라. 물론 최선을 다해서 병부터 낫도록 노력하는 것이 급선무였다.

나는 집으로 돌아왔다. 집에 오니 노모는 쉬지도 않고 집안일을 하고 계셨다. 아들이 뭇국을 좋아한다고 국솥에 고기와 무를 넣고 끓이는 김이 솥뚜껑 바깥으로 솟아올랐다. 푹 무른 무 냄새가 식욕을 돋우었다. 결혼한 지 6개월 만에 아이도 없이 이혼한 것은 또 얼마나 다행한 일인가. 아픈 상처였지만 도리어 이제 와서 서글픈 위로가 되어 주었다.

아내와의 이혼 뒤 저것이 말은 안 해도 얼마나 속이 쓰릴까 하는 심정으로 어머니는 극도로 말을 아꼈다. 형식적인 인사말이라도 혹여 상처를 건드리는 말이 될까 싶어서 오늘 무는 제주도 것이라는데 참 달더구나, 내일은 비가 온단다, 우산 갖고 나가는 것 잊지 마라, 등등 신경 쓰일 말은 애써 하지 않으셨다.

나의 표정이 밝으면 금방 환해지고, 어두우면 무거운 표정으로 저녁 먹었니? 인사말 정도로 조심스럽게 건넸다. 결혼하고도 직장을 나가는 딸 때문에 그 집 살림을 해주시더니 근래엔 나의 집에 오셔서 혼자 사는 아들 밥을 해주고 계셨다. 그런 어머니한테 어떻게 병명을 말씀드릴 수 있을까. 나는 숨을 깊게 들이마시고 천천히 뱉어냈다.

빠른 시일 내에 수술을 해야 한다는 의사의 말에 여러 가지로 심경이 복잡해 왔다. 인터넷에는 네티즌들이 올려 논 간암에 좋다는 민간요법과 실행 사례들이 앞다투어 적혀 있었다. 나는 체질을 개선해서 면역력을 높이며, 좋은 경험의 사례를 모아 따로 내 컴퓨터에 저장해 놓고 실행하려고 했다. 체질을 바꾸는 데는 음식이 가장 중요해서 자연 치유에 보탬이 되도록 가능한 무공해산을 먹기로 했다. 병원 처방 약 중 항생제도 내추럴로 바꾸었다. 하루하루가 전에 없이 소중한 시간이 되었다.

나는 헬스장에서의 운동보다는 맑은 공기를 쐬며 산행

을 하는 것이 더 효과적일 것 같아 쓰지 않던 배낭을 꺼내어 어머니께 빨아 달라고 주문했다. 등산화와 모자도 꺼내 놓았다. '그래, 산엘 오르면 마음도 편안해지고 건강에 그 이상 좋은 게 없다.' 어머닌 부추기며 배낭과 조끼 등을 깨끗이 빨아 널으셨다.

오랜만에 혼자 오르는 산은 전에 없이 더 신비해 보였다. 질경이가 발에 밟혔으며 알 수 없는 들꽃들이 눈길을 끌었다. 발밑에는 처음 보는 거미처럼 생긴 벌레가 기어가고 있었다. 예전 같으면 금세 밟아서 죽여 버렸을 것이다. 그런데 지금 나는 모든 생명체 입장에서 바라보게 되었다. 인간은 얼마나 이기적인가. 또 이기적이라는 것 자체도 모르고 지나기 십상이다. 습성대로 예쁘다고 무심히 꺾은 풀꽃을 보며 하나의 생명체인데 아픔을 주었구나, 미안해했다. 자세히 보니 화원에만 있는 꽃들보다 작고 섬세하며 눈에 띄지 않으면서 책갈피에 끼우고픈 이름 모를 풀꽃들이 많았다.

신비로운 조화들. 아름다운 세상… 내 입에서 그렇게 읊조려 보기는 처음이었다. 더 이상 볼 수 없는 모습들이 되려나. 더러는 완치되는 사람들도 있지만 대부분 말기쯤에서는 악화되는 쪽으로 기울게 되어 있지 않은가. 누군 가에게 매달려 조금 더 이 세상을 누리게 해주세요 하고 빌고 싶었다. 아니 벌써 그렇게 마음속 깊이에서 간절히 기도하고 있었다. 발에 차이는 돌멩이에게도, 이름 모를 풀꽃에게도 떠가는 구름에게도 나는 빌고 있었다.

나의 케케묵은 짐정리는 그때부터 시작되었다. 나는 좀 체 잘 버리지 않는 습관을 가지고 있어서 구석구석에서 생각지도 않은 옛날 것들이 튀어나와 눈길을 끌고 시간을 소비하게 했다.

그 와중에 잊고 있던 한 여자가 떠올라 주었다. 내가 군 에 있을 때 그녀가 보내왔던 편지가 튀어나왔기 때문이었 다. 편지는 대학노트 속에 묻혀 있었다. 송은비. 시를 쓰던 그녀였는데. 편지 묶음들은 따로 넣어 두는 곳이 있었는 데 이 편지는 철학개론 교재와 함께 노트 앞부분 갈피에 끼어 있었다. 그 편지는 십여 년이 지나도록 숨어서 나를 따라다닌 것이 되었다. 나는 편지를 펼쳐 보면서 새삼 그 녀가 마음에 걸리는 것이었다. 소리소문없이 그녀를 한번 만나야겠다고 다짐을 했다. 어떻게 연락처를 알 수 있을 까….

한 달 후 나는 오전에 병원에 들러 의사가 설명해주는

병의 진행 상황을 듣고 서둘러 수술 날짜를 잡았다. 의사는 한 달 사이 많이 좋아졌다고 말했다. 나는 병원을 나와서 광화문을 지나다 예정도 없이 K문고에 들렀다.

2

그런데 도대체 그녀가 왜 거기 있었을까. 그녀가 맞긴 맞는 걸까? 독일의 중견작가 'Q' 의 팬 사인회 때 앞에서 세 번째 줄 오른쪽 끄트머리 자리에 앉아있던 송은비. 무언가를 끼적거리며 가끔씩 고개를 끄덕이고 있었다. 정확히 15년 전에 헤어진 은비가 맞을까? 그녀를 닮은 다른 사람일까. 그런데도 나는 선뜻 나서지 못했다. 그녀를 만나야 한다고 다짐했었음에도. 15년이 지난 지금인데도 무엇이었을까? 나를 망설이게 만든 것은.

앞가르마를 타서 옆으로 내려진 검은 머리는 웨이브가 지며 애련한 느낌이 왔다. 강의 중간쯤에서 그녀를 발견한 나는 그 후 그녀를 바라보느라고 초빙한 독일 작가인 'Q'의 진지한 얘기는 귀에 들어오지 않았다. 이제나 그제나 차분한 그녀의 태도는 변함없었다. 그런데 얼핏설핏

차가움이 그녀의 표정에 무늬처럼 떠올라 왔다. 그 때문이었을까. 그녀가 전혀 다른 사람처럼 느껴진 것은. 잠시 혼돈이 왔다. 따뜻해 보이던 그녀였는데. 오랜 세월의 더께가 그렇게 보이게 했을까.

언제 다시 만날 수 있단 말인가. 마주 서서 바라보면 한없이 말려들 것 같은 그녀의 검은 눈동자였다. 검은 동공 속에는 무한히 넓은 대지가 펼쳐져 있었다. 사람들은 초점 없는 그녀의 시선을 백치미라고도 불렀다. 나는 뒤에 앉아 있었으므로 그녀를 정면으로 볼 수는 없었다.

저자에게서 마지막 질문의 답변까지 듣고 팬 사인회에 모였던 사람들은 흩어졌다. 뒷자리에 앉았던 나는 그녀의 움직임을 주시했다. 그녀는 노트를 챙겨서 가방 속에 넣고 자리에서 일어났다. 뒤이어 나의 엉덩이도 의자에서 떼어졌다. 건물 밖으로 나오자 토요일이어서 그런지 사람들의 발걸음은 한결 가볍게 느껴졌고 주말이라는 느긋함이 자유롭게까지 보이게 했다.

길에서는 차들이 신호등에 걸려 멈추어 있었다. 그녀가 횡단보도를 건너려 할 때 마침 신호등이 바뀌어 차들은 급히 움직였고 사람들은 멈추어 섰다. 문득 그녀가 뒤를 돌아다보았다. 나는 그녀를 바라보던 시선을 황급히 거두었는데 그녀는 나를 발견하지 못한 것 같았다. 아니 알고도 못 본 척한 것일까. 못 본 것일까. 나는 횡단보도를 다 건넌 다음에 아는 체를 할 참이었다.

나는 그녀 곁에 바짝 다가섰다. 순간 누군가 안 된다고 나를 붙잡았다. 이제 와서 뭘 어쩌자는 것이냐고 힐책했다. 멈칫거리는 사이 그녀와의 거리는 멀어져갔고 나는 다시 그녀의 뒤통수를 주시했다. 몇 초간의 짧은 사이에 일어난 혼돈은 가슴속에서 드세게 일었다.

그녀는 총총히 멀어져 가고 있었다. 다시 누군가 빨리 다그쳐 가야 한다고 재촉했으나 나는 이미 맥없이 그녀를 포기하고 있었다. 다시 잠깐 그녀의 얼굴을 훔쳐본 순간 그녀와 닮은 다른 사람임이 확연히 눈에 들어왔기 때문이었다. 팔과 다리에서 기운이 빠져나가고 있었다.

은비와 꼭 닮은 여자가 가고, 나는 허전함을 느끼며 은비가 사라진 것 같은 길을 따라 걸었다. 늦가을 바람에 가로수 잎들이 우수수 떨어져 내린다. 한 정류장쯤 걸었던가 보았다. 멈추어선 버스에 올랐는데 강변 시외버스 터미널로 향하는 버스였다. 도무지 견딜 수 없었다. 어떤 방법으로든 위로받지 못할 지나간 시간들이 회오리처럼 나를 감싸며 가슴을 후벼 팠기 때문이었다.

토요일이어서 강변 시외버스 터미널은 길 떠나는 사람들로 붐볐다. 매표소에서 줄지어 늘어선 사람들이 대합실 한가운데까지 뻗어 있었다. 나는 표를 끊고 10분쯤 기다리다 시외버스에 올랐다. 이윽고 버스가 출발하였다.

다시 은비가 떠올랐다. 나는 그때 그녀의 눈물을 진정으로 이해했을까. 십오 년 전의 시간들이 차창에 부딪혀 왔다. 문득 지나간 시간들을 부정하고픈 충동이 왔다. 살인이라도 저질렀는가, 아니잖아, 자기 위로가 되는 쪽으로 해석하고픈 인간의 얄은 심리가 꿈틀댔는데 바람은 더욱 깊은 가을을 재촉했고 허깨비처럼 허허로 왔다. 야트막한 야산은 짙푸른 초록의 빛깔이 퇴색되어 위축돼 보였다. 텅 빈 논 위로 백로 두 마리가 편대비행을 하며 드넓은 공간을 즐기고 있었다. 펄럭이는 새들의 날갯짓은 하얀색으로 인해 신비로움을 더했다. 산을 돌아 굽이굽이 진 도로를 달리는 버스는 아름다운 가을 들판을 뒤로 밀어내기에 바빴다.

목적도 없이 버스에 몸을 맡긴 채 나는 가고 있었다. 기왕 이렇게 된 것 종점에서 내려 분위기 좋은 찻집에 가서 차나 한잔 마시고 와야겠다는 생각으로 기울었다. 할 일이 산적해 있는데 낯선 도시나 배회하고 있다니 공허한 웃음이 나왔다. 원래 나는 후회할 짓을 곧잘 하는 사람이었다.

버스에서 내린 곳은 원주에서 가까운 작은 면 소재지 귀래였다. 2차선으로 뻗은 도로 가엔 가로수가 전부 은행나무로 서 있었다. 바닥에 떨어져 내린 은행잎들 사이로 은행알이 드문드문 굴러다니기도 했다. 버스 종점을 중심으로 농협이며, 초등학교, 경찰 지구대가 한 군데 모여 있고 원주로 가는 반대편 길은 충주 방향이었다. 주위를 둘러보니 5층 이상의 건물 하나 볼 수 없었고 한적한 찻집은 물론 찾을 수 없었다. 변변한 술집이나 음식점조차도 눈에 들어오지 않았다. 60년대의 서울 변두리 같다고 해야 할까. 길가에 검은 선팅을 한 유리문 위에 '종점 다방'이란 하얀 고딕체 글씨가 눈에 들어왔다.

문을 밀고 들어갔다. 다방 안에는 커다란 무쇠로 만든 연탄난로가 한가운데서 따뜻한 온기를 만들어 주고 있었다. 그 위에 올려놓은 고구마와 밤이 적당히 익어가고 있었다. 나는 창가로 가서 앉았다. 가을걷이 끝낸 여유로운 촌로 한 사람이 난로 옆에 앉아 다방 아가씨들과 쓸데없는 이야기로 한낮의 무료함을 달래고 있었다. 이제는 서울 변두리 어느 곳에서도 찾아볼 수 없는 다방 안 모습이었다.

보자기에 보온병을 싸서 들고 배달 나갔다 들어오던 아가씨가 나를 흘깃 쳐다보았다. 나는 차 주문을 했다. 한쪽 벽에 걸려 있는 TV에서는 요새 뜨고 있는 유행가를 노래자랑 프로에 참가한 어느 여인이 열창하고 있었다. 시골 흙집의 안방 같은 푸근함이 느껴지는 모습들이었다.

3

나는 그때 그녀를 사랑하지 않았다. 꼭 차창 가를 스치는 바람처럼 그렇게 지나 버렸다. 그러나 기억에서도 완전히 지워진 것은 아니었고 어쩌다 희미해진 옛일이 현실이었나 하고 확인해보고 싶은 그 정도의 기억이었다.

그녀는 소리 없이 내게 다가왔는데 늘 주변에서 맴돌았다고 하면 의식적인 해석이 될까. 전혀 눈에 띄지 않는 평범한 여학생이었다. 하루만 안 보여도 한 달처럼 길게 느껴지는 친밀한 사이도 아니었고, 일주일 이상을 볼 수 없어도 나는 그녀를 떠올리지 않았다. 그때 나는 인문대 3학년으로 학생회 일과 과대표를 맡고 있어서 나름대로 바삐

캠퍼스를 오갔었다. 지금 새삼 그녀의 입장에서 나의 모습을 떠올리며 십여 년 전 당시의 나는 또 어떤 인상을 그녀에게 주었을까를 상상해 본다.

한 학년 아래였는데도 그녀는 내게 와 머뭇거리며 마치 교수님에게 건의 사항을 말하듯 조심스레 입을 여는 것이었다. 나는 좀 짜증스럽게 그녀의 물음에 답변을 했던 것 같다. 이를테면 "모임에 먼저 가서 얼마쯤 기다리라고 말할까요?" 하는 식이었다. 즉 몇 분 정도 늦겠느냐는 물음이었다. 학교 후문 밖 한 음식점에 동료들이 모여 있고 학생회 일로 몇 가지 중요 안건 사항이 결정되지 않아 시간을 자꾸 지체시키고 있을 때 그녀의 수줍은 듯 머뭇거리는 태도는 짜증만 가중시켰다.

"그냥 기다리라고 해"

이 대답은 동료들에게 했다기보다 그녀에게 일으킨 면박이었다. 조금 미안해지는 마음도 스쳤으나 나는 답답한 그녀에게는 당연하다는 식이었다. 그녀는 새초롬히 입을 다무는 모습이었으나 그녀의 속마음까지 계산해서 배려할 수는 없었다. 그것이 그 시절 그녀에 대한 내 행동의 단편이었다.

그때마다 드러내진 않았어도 상처받는 그녀의 속마음

을 충분히 눈치챌 수는 있었다. 그런 경우가 여러 번 있었던 듯 그녀의 절망스런 표정이 새삼 자꾸 망막에 떠올라온다. 여리고 나약한 모습.

그런 그녀가 우연히 사촌 여동생 중학교 동창 앨범에서 발견되었는데, 놀랍게도 그녀는 나의 중학교 1년 후배이기도 했다. 초등학교와 중학교를 같이 다닌 사촌 여동생 미경은 외삼촌 딸이었다. 나는 그때 미경으로부터 그녀의 가정환경에 대해서도 알게 되었다. 은비는 어려서 외동딸로 귀하게 컸는데 외국 출장 중이었던 그녀의 아버지가 비행기 사고로 외국서 돌아가시고 그로 인해 그녀의 어머니까지 심장병이 악화돼 3년 전에 돌아가셨다고 했다. 그래서 은비는 아르바이트를 하며 큰집에서 기거하고 있다는 것을 알게 되었다. 본래 명랑하던 애였는데 아버지 돌아가시고부터 위축되었고 몇 년 사이 어머니까지 돌아가시자 소심하며 상처받기 쉬운 체질로 변화되었다고까지 미경은 말하는 것이었다.

얼핏얼핏 그늘이 드리워지는 그녀의 표정은 그 때문이었을까….

어느 날인가, 바삐 학생회 사무실 문을 닫고 돌아설 때였다. 미경이 은비와 함께 서 있었다.

"오빠 배고프다. 밥 사줘"

"내 주머니 사정 잘 알면서 아주 거지를 만들려고 왔군"

"오빠 고액 과외로 경기 좋다는 것 알고 있어"

"그건 또 누가 그래?"

"고모 말이 그렇고 또 선배 언니 하나 있잖아?"

"정애 말이구나."

나는 공연히 얼굴이 붉어졌다. 정애가 떠올라와서였다. 그때까지 은비는 못 듣는 척 무심하게 시선을 떨어뜨리고만 있었다.

나는 그날 겨우 볶음밥이냐고 미경에게 핀잔을 들으며 식사를 했는데 처음으로 은비를 관심 있게 관찰하게 되었다. 식사 후 건조기 속의 물컵을 꺼내 셀프라고 써있는 정수기에서 물을 담아 다소곳이 식탁에 갖다 놓는 은비는 물 흐르듯 다가오고, 있는 듯 없는 듯 의식되지 않았으며 어느새 사라져서 자리를 비우는 그녀였다. 늘 주변에 있는 것 같아 필요해서 찾을 일이 있을 땐 또 없어서 짜증나게 하는 그녀였다. 방금 곁에서 봉투에 주소를 쓰던 일을 거들었는데 은비 이름을 부르며 찾으면 없었다. 나는 그때 "개똥도 약에 쓸려면 없다더니" 해서 모두에게 폭소를 자아냈다.

강의가 비는 시간이면 나는 정애가 늘 머무는 미대에서 어슬렁거렸다. 나는 언제나 정애의 모습을 먼발치에서도 쉽게 찾아내었다. 그녀는 쾌활했고 솔직한 성품이었다. 남을 대할 때 스스럼이 없었고 기분파 적인 기질이 다분했다. 그래서인지 나 말고도 그녀 주변을 맴도는 녀석들이 늘 서너 명은 되었다.

미경은 정애하고도 나를 한번 찾아왔었다. 음식점에 앉아 나는 좀 더 좋은 메뉴를 그녀들에게 권했다. 나는 좀 들떠 있었던 듯했다.

"오빠, 고액 과외 끝났다면서 이렇게 먹어도 되는 거야?"

미경의 솔직한 발언은 정애 앞에서 내 얼굴을 붉어지게 만들었다. 정애는 어색스런 분위기를 만들지 않아서 나를 자연스럽게 다가가게 만들었던 것 같다. 그녀는 동양화과였는데 가끔 자료를 구입한다며 인사동에 같이 가서 재료를 사고 화랑에 걸려 있는 미술품들을 감상했던 기억이 또렷하다. 때론 미경과 셋이 함께 가기도 했었다.

어느 날인가, 지금처럼 늦가을 바람에 은행잎이 다 떨어지고 절반은 빈 가지로 서 있는 가로수 밑에서 은비를 만나러 왔던 미경을 우연히 만났다. 미경은 이런저런 이야기 끝에 정애에 대한 이야기를 하는데 그녀들끼리 무슨 트러블이 있었는지 '그 언닌 예술가의 고뇌에 대해서 이야기 좀 하지 말았으면 좋겠어' 하는 거였다. '왜?' 정애 이야기가 나오자 나는 일주일 정도 보이지 않는 그녀가 문득 궁금하여져서 물었다. '자기가 무슨 훌륭한 예술가 인 척, 그깟 동양화 흉내 내며 끼적거리는 주제에… 돈 없어봐 재주도 메주가 되는 거구 메주도 돈 있으면 재주가 되는 거라고, 오빠 안 그래?' 무슨 연유에선지 미경은 정애 말을 하며 입을 비쭉거리는 것이었다. 나는 속으로 미경이 그녀를 비하하는 말이 씁쓸했으나 잠자코 있었다. 그때 은비가 미경을 부르며 다가오는 것이었다. 나는 기분이 저조하여 은비를 보자마자 그 자리를 떴다. 그때 은비가 가버리는 나의 뒷모습을 주시하는 것이 등 뒤에 따갑게 느껴졌었다.

누군가 그랬던가, 사랑이란 상대를 향한 마음속의 세찬 운동이라고. 그것이 짝사랑일 때 더없이 순수하고 열정적일 수 있다고 나는 지금에 와서 돌이켜본다. 청년기에 있었던 파스텔화처럼 아슴푸레한 사랑들. 분명 우정은 아니었고 꿈속에서처럼 아득하면서도 젊음이 넘치는 순수한 사랑이었다. 다만 '사랑'이란 말을 입에 올리고 싶지 않은 것은 입에서 '사랑해'라는 말이 나오는 순간 그 말은 이상스럽게도 가짜처럼 들리는 것이었다. 너무 때가 타서일까.

군입대 영장을 받아 놓고 학교 앞에서 친구들이 열어주는 송별회에 참석한 나는 착잡한 심경으로 주는 술을 받아 마셨다. 물론 그 자리에 정애는 없었다. 그것으로 정애와는 끝이란 결론을 내렸다. 나는 어떤 방법으로든 위로받고 싶었다. 무엇이었을까, 그토록이나 내게 괴로움을 주었던 범인은. 군입대? 정애? 친구들과의 이별? 부모님과 집을 떠난다는 사실? 사실 그 정도 이별의 아픔은 누구나 경험할 터였다. 그러나 그땐 그것이 왜 그렇게 커다란 바위가 되어 가슴을 짓누르고 있었던 것일까.

늦은 밤, 나는 겨우 몸을 추슬러 친구들과 헤어져 집으로 돌아오는 길에 문 닫힌 버스 토큰 가게 옆에서 속의 이물질들을 전부 토해내었다. 누군가 등을 두드려 주었다. 손수건으로 눈물, 콧물까지 닦아주던 따뜻한 손길. 은비였다. 나는 정애가 아니어서 섭섭할 뿐이었다. 나는 은비를 데리고 골목길에서 명멸하고 있는 모텔이란 낯선 곳으로 들어갔다.

거기에서 나는 은비의 이야기에 처음으로 귀를 기울였다.

부모님의 사고로 인한 상처가 은비의 사춘기를 지배했

고 큰집에서의 숙식은 그녀를 더욱 외롭게 했다고. 무엇보다 상대가 누구이던 자신에게 보이는 무관심이 제일 견디기 어려웠다고 그녀는 말했다.

학교로 미경이 은비를 만나기 위해 찾아왔을 때 늦가을 낙엽이 쌓여 있는 가로수 밑에서 미경과 나는 이야기 중이었는데 은비가 다가가자 냉랭히 돌아서던 나의 모습이 떠오른다며 말했다. 그때의 일이 가장 큰 충격이었다고 그녀는 고백했다. 모르는 사람처럼 돌아서 가던 나의 뒷모습을 그때까지 커다란 상처로 갖고 있었다. 아, 인간은 자신도 모르는 사이 이렇게도 남에게 상처를 주고 사는 것이로구나. 나는 그때 그렇게 깨달았다. 그토록이나 큰 상처를 주고서도 모르고 지나갈 수도 있는 거구나.

나는 그날 밤 죄의 보석을 풀어내기라도 하는 사람처럼 그녀를 품었다. 참을 수 없는 젊음의 분출이었지 사랑의 행위는 아니었다. 그녀와 나는 이성 간의 육체적 경험은 처음이었으나 나는 욕망의 찌꺼기 같은 것을 뱉어냈을 뿐이었다. 후회 같은 건 없었고 우린 아무런 약속도 하지 않았다. 더구나 서로의 미래에 대해선 한 마디도 이야기하지 않았다. 우리는 이른 아침에 헤어졌다. 그러니까 내가 스물두 살, 그녀가 스물한 살 때였다. 그날 이후 나는 그녀를 볼 수 없었다. 그녀는 자취도 없이 사라져 버렸다.

그 후 나는 군에서 1년여쯤 지냈을 때 그녀의 편지를 한 통 받았다. 대충 이런 내용이었다.

석민씨,

제가 있는 이곳은 시골인데 냇가 옆에 봄 미나리가 빼곡히 돋아나 있습니다. 당신 생각으로 이 넓은 들이 가득합니다. 늘 혼자 있는 시간에도 당신이 마주하고 있습니다. 언제나 인식보다 먼저 흐르는 유년의 상처가 괴롭습니다. 저의 열등의식이겠죠.

오늘은 왜 햇빛조차 산란한지 모릅니다. 나는 그 시절을 압니다. 머리를 빗다가도 당신의 손끝이 내 머리카락들을 쓰다듬던 생각에 잠깁니다. 당신이 곁에 있을 때 나는 언제나 우울했습니다. 나는 사랑 받지 못하던 나 자신이 늘 비참했습니다. 그럴수록 나의 열정은 더욱 깊어만 갔습니다. 그 모습을 떠올리는 지금 이 순간도 괴롭기는 마찬가지입니다. 분명 당신은 내게 특별한 존재요, 나 또한 어느 한 귀퉁이라도 당신에게 기억되길 바랐습니다.

당신과 함께 했던 그날 나는 어느 한순간 행복했습니다. 분명 당신은 제 곁에서 잠들어 있었습니다. 당신이 나를 사랑했다고 믿고 싶어지는 날이었습니다. 그리고 그 순간은 영원처럼 내 가슴속에 묻어 둡니다. 아무도 들여다볼 수 없는 깊은 곳에 나만의 환영을 석고처럼 묻습니다. 세월이 가고 비바람이 몰아쳐도 끄떡없을 자리에서 환영은 나에게 늘 행복이

란 양식을 만들어 먹입니다⋯⋯

그 후 나는 제대를 했고 복학하여 학업을 마쳤으며 은행에 입사해 승진하는 동안 한 번도 사라진 그녀를 찾지 않았다. 날이 갈수록 내 머릿속에서 그녀의 모습은 지워져 갔다. 어쩌다 업무 중에 그녀와 이미지가 비슷한 손님을 대했을 때 쓸쓸해 보였던 그녀의 표정이 문득 스쳐 갈 뿐이었다. 오랜 세월이 지난 지금 은비의 마음을 이해할 수 있는 것은 무슨 조화인지 모르겠다.

4

그녀를 만나야겠는데 만날 수 없음은 공연히 나를 초조하게 만들었다. 나는 불현듯 결혼하여 미국으로 간 사촌여동생 미경을 떠올렸다. 어렵사리 통화가 되었으나 그녀역시 은비의 연락처를 모르고 있었다. 은비가 결혼하여 시골에서 전원생활을 한다고 동창에게서 들었는데 왜 찾으려는 거냐고 미경은 되물었다. 더구나 십여 년 전의 일을. 나는 어물어물 넘겼으나 미경은 오랜만의 전화에서 은비의 소식을 묻는 내가 알 수 없다는 듯 의구심이 이는 모양이었다.

"오빠, 미국에 곧 온다면서 언제 와요?"

"글쎄다, 어떻게 변동이 있을지도 몰라"

"오면 꼭 들려요."

"그래, 고맙다"

"참, 은비 소식 알게 되거든 내게도 알려줘요. 보고 싶어요"

그녀는 도리어 내게 부탁을 하며 전화를 끊는 것이었다.

내가 미국 지점으로 발령받았다는 소식도 떠올리며 궁금해하는 것 같았다. 그러나 나는 수술을 앞두고 건강으로 인해 이미 직장에 사표를 내었다.

은비를 만나 마주 앉게 되면 나는 어떻게 말을 꺼내야 할까. 그때의 기억들이 사소로운 것까지도 떠올라오자 나는 그만 혼자서 부끄러웠다. 아무리 철없을 때지만 그녀를 그렇게 인격적으로 무시하고 가벼운 행동들을 했을까.

나는 이제껏 한 번도 생각지 않은 죄의식에 사로잡혔다. 내가 상대방에게 용서를 구하는 일은 흔히 있는 일이나 내 자신, 내 양심을 용서해야 하는 경우에 부딪히는 일이란 상상해 보지 않았다. 순서부터가 바뀌어서 행동해

왔음이었다. 사람과 사람 사이를 들여다보면 어쩌면 그렇게 유치 극치를 달리고 있는지, 자신은 순결한데 전부 상내가 잘못해서라고 강력 테이프처럼 믿고 있다. 정말 완벽히 한쪽의 잘못이라면 그것은 어디선가 틈이 보이고 곧 무너지게 되어 있지 않은가. 문제는 고지능의 인간은 여러 가지 색깔로 포장하고 또 그 포장에 속고 분노하면서 재미난, 감동의 드라마를 연출하고 있는 것이다.

내 자신의 잘못이 드러나는 거북함 앞에서는 나는 늘 정당화시키며 감추어 왔다. 너무나 지당한 것을 나는 새삼 꺼내어 세탁하려고 하는가. 무슨 성인군자처럼.

아, 그런데 이런 몰골로 그녀를 만날 수 있을까. 이젠 겉모습에서도 병색이 완연하다. 이젠 나를 잊었겠지…. 은비. 송은비. 그 결 고운 심성과 여린 눈빛을 만나고 싶다. 나로 인해 상처받은 네 마음을 위로해주고 싶다. 그리고 용서를 빌고 싶다.

'일체 경계가 없는 사람은 삶과 죽음조차 벗어난다' 도의 경지에 이른 이 어려운 말씀들은 모든 선악의 경계에서 벗어난다는 해석이 가능할 것 같은데 나 같은 사람은 거리낌 없는 선에 도달하기조차 버거운 것이다. 슬며시 그녀의 아름다웠던 심성과 젊은 날의 꿈이 사라질까 겁이

난다. 그때는 내가 왜 그렇게 몰랐을까….

젊은 날의 나는 바다에 뜬 먼 섬들을 보며 내 꿈이 꼭 거기에 있을 줄만 알았다. 섬은 내게 환상이요, 현실이요, 더 많은 꿈을 가져다주었다. 다만 멀리 있기 때문에 아직 이르지 못했을 뿐이라고, 나는 그 섬을 보며 곧 만날 수 있다고 약속했다.

섬은 섬일 뿐이라고 세상이 나에게 알려 주었을 때 나는 슬펐다. 그리고 부정하고 싶었다. 섬은 아직도 나의 유토피아로 내 꿈속에 머물러 있어야 한다. 괴로운 추억은 잊고 싶고 희망이 가득한 꿈은 믿고 싶어진다.

그녀의 편지 마지막 구절은 접힌 부분이 닳아 있어서 드문드문 지워졌지만 나의 기억엔 생생히 적혀 있었다.

…나뭇가지에서 부풀은 망울이 터져 나오려 할 때 나의 가슴은 설렙니다. 꿈을 머금고 있기 때문이지요. 그래서 사람들은 봄을 희망이라고 바라보며 즐기나 봐요. 당신과 함께 저 꽃망울을 만져 보고 싶습니다.

기억나세요? 학교 본관 건물 현관에서 갑자기 쏟아지던 소나기를 황망히 쳐다보며 잠시 비 개이기를 기다리고 있었는데 느닷없이 당신이 나타났지요. 당신은 준비해온 우산을 펴며 나를 붙잡아 우산 속으로 넣어 주었지요.

한쪽 어깨를 내리치는 비바람 때문에 당신은 내 쪽으로 우

산을 더 기울여 주었는데 그 때문에 당신의 바깥쪽 어깨가 비에 젖어 오는 것이 여간 안쓰러운 것이 아니었어요. 작은 우산 속에서 우린 마주 보았는데 나의 흘러내린 옆 머리핀을 보며 유치원생 같다고 웃었지요. 가지런한 치아를 드러내며 웃는 모습이 왜 그렇게 내게는 신선하게 와 닿았는지. 지금도 당신이 바로 옆에서 웃어 줄 것만 같아요. 어렸을 때 보았던 아빠의 그런 미소도 겹쳐집니다. 그 모습을 본 지가 언제인지…. 지금은 다 떠나 버린 옛일들입니다. 다시는 돌아올 수 없는 시간이란 사실들이 못 견디도록 서럽습니다.

릴케의 말이 떠오릅니다. ─이 세상엔 기다리다 만, 기다림으로만 끝난 숭고한 사랑이 얼마나 많습니까?─ 오늘, 위로받고 싶은 날입니다. 송은비 드림.

어느 때부터인지 그때의 소나기 한줄기가 내 가슴에도 긋고 있었다.

미경의 말대로 은비의 시골 생활이 결혼 생활이었을까? 그렇다면 그녀는 왜 내게 이런 편지를 띄운 것일까.

나는 책상에 앉아 보낼 수 없는 글을 답장처럼 이렇게 쓰고 있었다.

─당신이 나를 찾았을 때 나는 눈을 뜨지 못했습니다. 내가 당신을 찾았을 때 당신은 이미 그 자리에 있지 않았습니다. 저 세상으로 가기 전에 꼭 한번 뵙고 싶어요─

기다리다 만 기다림으로만 끝난 우리의 꿈들은 지금 어디를 헤매고 있는 걸까.

그때까지 내가 울고 있다는 사실을 나는 깨닫지 못했다.

II. 은비

석민 씨,

어둠이 걷히자 산은 어느새 내 곁에 와 있습니다. 새벽입니다.

지금 'When I dream'을 듣고 있습니다. 이 곡 기억나세요?

언젠가 당신과 함께 들었던 제 가슴속에 새겨진 곡입니다.

어디선가 이름 모를 새가 창 앞에서 며칠째 계속 울고 있습니다. 짝을 찾는 애절한 호소로 들리기도 합니다. 창을 열면 먼 산등성이가 병풍처럼 둘러 서 있고 창문 바로 앞에 있는 매화꽃이 오늘 세어 보니 스무 개쯤 피었습니다. 어느새 15년이란 세월이 흘렀을까요? 벌써 중년이 되었군요.

어제는 인간으로 태어난 게 슬퍼서 술을 한잔했습니다. 당신도 아시다시피 저는 술이 받는 체질이 아니어서 오렌지 쥬스에 칵테일을 해서 먹었더니 잘 넘어가더군요. 술이 들어가니 왜 이렇게 뿐이 못살고 있는지 슬픈 감정이 업그레이드되어 더 슬퍼져서 울었습니다.

그때 가끔 저는 빈 강의실에서 당신의 모습을 그려보았습니다. 발렌티노를 닮은 당신의 옆모습이 그렇게 제 가슴속에 각인되었습니다. 일에 열중하며 책상에 앉아 무언가 쓰고 있던 당신의 옆모습 말입니다.

당신의 군입대 후 저는 결혼하여 시골에서 생활하여 왔습니다. 지금 저의 남편은 아주 자상한 사람으로 가정적인 편입니다. 제 딸이 벌써 14살이 되었는걸요. 당신을 만나지 어언 15년이란 세월이 흘러갔군요.

혼자 되셨다는 소식 들었습니다. 어찌나 마음이 무겁던지요. 제가 혼자된 것보다도 힘들었습니다. 설거지를 하다가도 문득 손을 멈추고 마음 아파했습니다. 당신이 상처받았을 그 마음이 저를 아프게 했습니다.

30 중반은 인생의 완숙한 시기라는데 저는 아직도 20대 초반을 헤매고 있습니다. 분명 저는 평화로운 삶을 누리고 있는데도 말이죠. 남편은 군청에 다니는 말단 공무원으로 성실한 사람이랍니다. 자기 가족, 자기의 삶에 만족하며 살고 있습니다. 부족한 점이 많은 아내를 두고 서도요. 이 세상에서 자기 딸을 가장 사랑하는 아빠이며 늘 아내에게 박봉을 갖다 주는 자신을 미안해하고 있습니다.

그런데 제 생활 이야기는 왜 하고 있는지 모르겠군요. 꼭 어렸을 적 아빠에게 애

기하듯이 왜 석민 씨가 제 인생을 바라 봐주는 큰 오빠처럼 느껴지는지…. 자랑은 아니니 오해 없으시길 바랍니다.

이제 옛날 일을 회상하며 다시 돌아가고픈 바람은 아닙니다. 당신에게서 그때 너를 조금이라도 사랑했었다는 말을 들

는다면 모두 다 잊혀질 것만 같습니다. 버림받은 어린아이처럼 그때 저는 외로웠습니다. 집착일까요? 이 어리석은 여자의 욕심을 용서하세요. 과거는 바로 어제 일처럼 선명하며 짧은 시간 같게만 느껴지고 미래는 뜬구름처럼 멀게만 느껴지니 이래서 우리의 삶은 영원한 것처럼 생각되나 봐요.

어느새 남편의 점심 도시락을 준비해야 할 시간입니다. 구내식당 음식에 물린 탓이기에 필을 놓고 부엌으로 나갑니다. 오늘 이만 씁니다. 은비.

부칠 수 없는 편지들은 그녀의 가계부 한 귀퉁이에 일기처럼 깨알 같은 글씨로 적혀 있었다.

7번 국도는 아름다운 해안선을 끼고돌았다. 탁 트인 바다를 보며 은비는 운전을 하고 있다. 옆에는 딸 혜진을 앉히고. 바다에 쏟아지는 이른 봄 햇살이 물 위에서 반짝였다.

"엄마 아직 멀었어요? 얼마큼 더 가야 해?"

"아무리 네가 재촉해도 소용없어."

"엄마 혼자 가기 심심하다고 나까지 데려갈 건 뭐람? 집에서 게임이나 했으면 얼마나 재미있었을 텐데… 아 졸려."

혜진은 머리를 의자에 기대어 비스듬히 누웠다. 잠을 자려는 모양이다. 차창 밖으로 스치는 풍경은 바다를 지나자 훼손되지 않은 초 유림처럼 고적했다.

우연히 석민의 죽음 소식을 알은 것이 신문의 부음란에 서였다. 동명이인인가 하고 그의 주변 사람에게 확인해보니 그가 간암으로 세상을 등졌다는 것이었다. 생전 눈길도 안 주던 부음란에 그의 이름이 어떻게 눈에 띄었을까. 꼽아 보니 다음날이 발인 날이었다.

은비는 거짓말 같은 사실에 밤새도록 몸을 떨었다. 이대로 가시면 안 돼요. 그와 함께한 시간들이 영겁의 세월을 보낸 듯이 그렇게 오래전이었으나 그녀의 기억에는 바로 어제처럼 떠올라왔다.

그녀는 옥죄이는 가슴을 안고 어찌해야 할까 망설였다. 아무리 생각을 되풀이해도 집에 있는 것은 더 큰 후회를 몰고 올 것만 같았다. 영원한 이별 앞에 은비는 눈물이 나지 않았다. 너무나 어이없음 때문이었다.

물론 늘 궁금해하던 자신의 귀에 그의 소식은 드물지만 겨우 전해 들을 수 있었다. 그러나 그런 자신이 남편 앞에서 죄의식으로 느껴졌었다. 남편은 정직하고 자상한 사람이다. 은비는 애써 냉정을 가장했다. 마침 토요일이기에 혜진을 동반하고 서울행을 택했다.

은비가 영안실에 들어섰을 때 그가 누워있는 빈소는 고

요했다. 그의 노모와 누나, 죽마고우 친구들 몇이서 빈소를 지키고 있었다. 가끔 옛 직장동료들이 찾아오고는 했다. 은비는 향을 꽂고 미소 띤 그의 영정 앞에 절을 했다. 은비가 절을 하고 그의 얼굴을 바라보았을 때 중년의 변화가 앳된 이십 대의 얼굴을 가로막고 있었지만 그 이미지의 특성은 그대로 살아서 가슴에 와 닿았다.

그는 문득 무뚝뚝한 옛 표정으로 '왜 왔어?' 나무라는 표정이 되었다.

죽고서야 만날 수 있음에 은비는 어떤 해석을 내려야 할지 운명이란 단어만을 떠올릴 뿐이었다. 은비는 혜진을 시켜 향을 꽂고 절을 하게 했다. 어리둥절하던 혜진은 은비가 시키는 대로 엄숙히 절을 하고 있다. 은비의 뺨에 뜨거운 눈물이 흘렀다.

수 억 년 동안 내려오는 이 우주 공간에서 번개 치듯이 아주 짧게 만나 인연을 나누곤 다시 제자리를 찾아가는 전파처럼 인간의 감정 속에는 수많은 영혼의 교류가 흐르고 있다. 그 한줄기 전파를 붙잡고 오래도록 아니 죽을 때까지 간직하고 가는 사람의 특성은 뭘까. 그걸 사람들은 운명이라 하는가. 그렇다면 잊혀진 것은 무얼까. 잊혀진 운명? 팔자? 무엇으로도 해석하기 힘든 오묘한 진리이다.

알 수 없는.

"엄마, 저 아저씨 어디서 많이 본 것 같애"

절을 하고 난 혜진이 사진을 보며 친근감을 표시했다.
그래, 닮은 사람도 많이 있지…. 뭉클, 뜨거움이 은비의 가
슴에서 떠돌았다. 뻔한 삼류적 스토리를 만들고 있는 자
신 앞에 또 하나의 자신이 부끄러웠다.

그의 노모가 짓무른 눈을 치맛자락으로 또 찍어내고 있
었다. 은비는 노모의 손을 잡았다. 주름진 손에서, 살아온
삶의 거칠음과 슬픔과 허무가 은비에게 전달되는 듯했다.
그녀들은 오랜 세월을 건너뛰어서 그렇게 함께 살아온 사
람들처럼 가슴으로 손을 맞잡고 있었다.

"자식 하나 없이 간 것을 잘했다고 해야 할지, 대가 끊
긴 걸 기가 막힌다고 해야 할지…"

노모의 흐릿한 눈빛은 텅 비어 있었다. 원망하기에도
기운이 없어 보였다.

"병이 났다는 사실도 말을 안 해서 근래에 알았지 뭐유"

"……"

"고걸 살다 갈 것을…에미 가슴에 못이나 박고 갈 것
을…석민이 들어섰을 때 태몽이 용꿈이어서 적어도 한 고
을을 호령할 줄 알았어……"

"……"

"하필이면 젊은 내 아들을 데려가, 하늘도 무심하시지
……"

석민의 누나가 꽂혀 있는 향에 꺼진 불을 사르고 있었다.

"화장을… 하게 되나요?"

은비가 몹쓸 짓을 한 뒤의 사람처럼 죄스럽게 물었다.

"아니, 선산으로 가야겠어요. 즈이 애비 옆에 누워있으
라고"

은비는 이럴 때 무슨 말을 해야 하는 건지 도무지 막막
하기만 했다. 커다란 슬픔 앞에 어떤 위로의 말도 지푸라
기처럼 하나도 쓸데없었다. 문득 그의 죽음 앞에서 자신
의 삶이 슬픈 거울처럼 반사되었을 뿐.

혜진은 영안실 밖에서 누군가와 휴대폰으로 통화에 열
중이었다.

무연히 석민의 영정을 보던 은비는 산소 장소를 그의 누
나에게 물었다. 약도를 자세히 그려서 주머니에 넣었다.
은비와 혜진은 노모와 그의 누나에게 작별 인사를 했다.

"멀리서 왔우?"

신발을 찾아서 신는데 노모가 정겹게 묻는다.

"예"

"한참 가야겠구먼 그럼… 고마워요"

안녕히 계시라는 인사를 드리고 혜진과 돌아서는데 그의 누나가 손님 때문에 미처 나오지 못한 채 조심해 가세요, 등 뒤에다 인사말을 길게 늘인다. 모녀는 빈소를 떠났다.

이렇게 뿐이 할 수 없는가, 이렇게 뿐이 할 수 있는 게 없었던가. 은비는 돌부처처럼 무능한 자신이 원망스러웠다. 어느 골짜기에서라도 물 흐르는 소리와 함께 펑펑 울었으면 좋겠다는 생각에 온몸이 저려왔다.

돌아오는 국도변에 너무나 아름다웠던 하얀 파도가 무섭도록 허망했다. 석민이 하얀 손톱을 길게 세워 할퀴어 버릴 것 같은 영상이 자꾸 덮쳤다. 뒷좌석에서 잠들어 있는 혜진이 어릴 적 아버지 엄마를 잃고 홀로된 불쌍한 자신 같았다. 아, 석민 씨 다음 세상에 오면 우리 그땐 꼭 손 붙잡고 혜진이와 함께 살아요….

…석민 씨, 저 혼자만의 비밀을 지켜 온 것을 용서해주세요. 당신에게 굳이 속이려고 했던 것은 아닙니다. 남편의 혜진에 대한 사랑에 배신의 물을 끼얹어 줄 수 없기 때문이었습니다. 물론 혜진도 모르고 있습니다. 언젠가 혜진과 당신이 자연스럽게 아실 날이 오기만을 바라고 있었습니다.

당신과 헤어진 뒤 임신 사실을 알았습니다. 저는 혼자서

혜진을 낳았고 길러 오던 중 혜진이 5개월 되었을 때 미혼모로 현재 남편과 결혼했습니다. 당신에게도, 남편에게도 몹쓸 짓을 하고 말았습니다. 아니 사랑하는 사람을 가슴에 품고 전혀 낯선 이와 결혼한다는 것 자체가 죄를 짓는 일이겠지요….

은비는 어느새 마음속으로 석민에게 자신을 용서해 달라고 빌고 있었다.

'저의 모든 것을 받아 줄 수 있을 듯 넉넉한 가슴을 가진 사람 같아서 저는 혜진과 함께라면 하는 바람 하나로 혜진 아빠를 택했습니다. 그의 따뜻한 인간미에 저의 아팠던 상처는 치유되기 시작했습니다. 그의 애정이 당신으로 인한 결핍증을 메꾸어 주기 시작했습니다. 혜진도 밝게 잘 자라 주었습니다. 지금 중학교 1학년이에요…….'

어디쯤 왔는지도 모를 달리던 숲길이 끝날 때쯤 하얀 간판에 화살표가 그려져 있어서 속도를 줄이고 자세히 보니 절 입구를 알리는 표지였다. 은비는 운전대를 왼쪽으로 꺾었다. 주차장에 차를 세웠다.

절 입구는 솔 나무로 덮여 있었다. 아직 이른 봄이기에 마른 나뭇가지에는 나뭇잎들이 이제 겨우 돋아나기 시작하고 있었다. 작은 계곡에는 돌멩이만 드러나 있고 메말라 있었다. 맑은 물이 빈약하게 흐르며 계곡임을 암시해 줄 뿐이었다. 오랫동안 비가 오지 않은 탓이리라.

일주문을 지나서 한참을 계곡 따라 올라가니 종무소란 간판이 보이며 가건물이 세워져 있었다. 법당은 보수 중이었다. 기왓장이 차곡차곡 쌓여 있었고 불사에 동참을 바라고 있었다.

은비는 종무소 유리문을 열고 들어갔다. 초파일이 오려면 아직 한 달은 있어야 하는데 종무소 유리문에는 '등 접수합니다'라고 쓴 흰 종이가 붙어 있었다. 은비는 문득 그의 이름으로 어둠을 밝히고 싶었다. 여직원이 가격에 따른 등의 종류와 기간을 말하며 '하루 등도 있어요' 한다. 하루만 달아 주는 등이란다.

은비는 연분홍빛 한지 갓에 아기 부처가 그려져 있는 가장 예쁜 등을 골랐다. 그리고 1년이란 세월을 잡았다. 여직원은 빈 카드를 내밀며 주소와 이름을 쓰란다. 한 석민. 여직원은 이름을 쓰고 볼펜을 든 채 주소란에서 멈춰 있는 은비의 손과 얼굴을 한번 올려다보더니 '주소는 모르시면 안 쓰셔도 돼요' 한다. 주소를 모르는 사람도 있는가. 은비는 실수한 사람처럼 스스로 당황스럽다. 그리고 얼굴이 붉어진다.

여직원은 예쁜 등을 들고 대웅전 입구에 서 있는 나무로 가더니 그 등을 달았다. 등은 바람에 가끔 몸체를 움직였다. 그때마다 '한석민'이라고 쓰인 카드가 등 밑에서 팔락였다. 어두워지면 법당 앞마당과 나무 밑의 계곡을 석민은 환히 비춰 주리라. 마치 떠나는 사람에게 손을 흔들고 있는 것처럼. 물보라도 일지 않는데 계곡의 물이 물안개처럼 은비의 눈에서 아른거렸다.

은비와 혜진은 석민의 배웅을 받으며 언덕길을 내려왔다. 주차장에서 지루하게 주인을 기다리던 차에 올라 은비는 출발시켰다. 무지룩하던 가슴이 조금 가벼워진 느낌이었다.

혜진이 누군지는 몰라도 어떤 아저씨의 영안실에 갔다 오는 길이라는 전화를 하는 것으로 보아 남편과의 통화 같았다. 두 사람은 늦은 저녁에 집에 도착했다.

"늦었어요. 당신 저녁은요?"

"기다리다 방금 챙겨 먹었어"

그녀의 남편은 거실에서 리모컨으로 TV채널을 여기저기 맞추고 있었다.

"어디 갔었는지 궁금하지 않으세요?"

"조문 갔었다며? 혜진이 그러데"

"…혜진이… 아버지입니다."

조금 당황한 빛이 남편 얼굴에 떠오르더니

"미리 알려줬으면 갈 때 같이 갈 걸 그랬지"

아쉬운 표정이 역력했다.

"……"

혜진은 욕실에서 씻는 모양이었다.

"혜진에게서 영안실이라는 소리 듣고 짐작이 갔었어… 당신 기다리면서… 당신 과거의 사랑에 대해 생각해봤어"

"……?"

"다음에 같이 한번 가. 산소에"

혜진이 옆에서 어른들 소리를 얼추 듣고 산소 소리도 한 모양이었다. 아니 남편이 물었을 것이다. 그가 알고 있는 것을 보면.

"맥주나 한잔할까?"

남편의 말에 은비는 냉장고에서 맥주 두 병과 찬장에서 유리컵 두 개를 꺼내 왔다.

그가 맥주병 마개를 따서 두 잔에 가득 부었다. 뭔지 모를 은비의 심정이 맥주 거품처럼 부글대었다.

"당신 심정 이해해, 자"

남편은 자신의 잔을 은비의 잔에 부딪쳤다.

"슬프네요"

은비의 말에 그가 시선을 창밖으로 돌리며 조금 쓸쓸한

낯빛이 된다.

그는 늘 너그럽고 불쾌해도 속으로 삭이며 화를 내는 법이 없었으므로 은비의 말은 편안하게 불쑥 튀어나왔다. 마치 넓은 초원 같은 그의 품 안에서 거침없이 뛰노는 망아지처럼. 말을 하고 보니 은비는 남편에게 상처 준 것 같아 문득 미안한 마음이 들었다.

"세월 가면 사그라들 거야. 한때의 소나기 같은 사랑에 운명이 결정된 거겠지. 운명도 어떻게 받아들이냐에 따라 슬픔도 작아질 수 있어"

은비는 늘 이렇듯 그의 따뜻한 말에 위로받는다. 그리고 오랜 세월 아물지 못한 상처 앞에 그의 사랑은 분에 넘치도록 황송하기까지 하다.

"혜진은 내 딸이고 당신은 태생이 순결한 사람이야. 성품이"

"갑자기 성모 마리아 만들어요?"

"사람, 싱겁긴"

"그 사람 노모에게 혜진이를 알려야 할지 어쩔지 몰라 혼동이 왔었어요"

"……"

"……"

"혜진이가 충격받지 않을 나이가 되면 그때까지 기다리는 것이 좋지 않을까?"

사랑은 소유하기 위해 존재하는 것 아니던가? 몰랐던 아내의 과거를 알고 끝도 없이 추락해 가던 한 남자의 타락은 그 여자를 그만큼 사랑하기 때문 아니었을까? 인간의 사랑만큼 강렬하고 유치한 것이 또 있을까.

과거든 현재든 아내에게 사랑의 자리를 한 켠 내주고 있는 은비의 남편은 전부는 소유하지 않겠다는 뜻인가. 그것을 물으면 그녀의 남편은 더 깊은 사랑이라고 얘기할 참인가.

그녀의 남편이 시선은 TV에 두고 짐짓 은비에게 물었다.

"당신 아직도 그 사람 사랑하나?"

갑자기 커다란 바위가 흔들리듯 은비의 가슴이 흔들렸다. 가슴속 뜨거운 폭포가 남편을 향해 쏟아졌다.

그녀는 또렷이 대답했다.

"아니요, 사랑했던 건 사실이지만 지금은 치유되었어요. 상처에서 당신이 나를 구원해 주었어요. 당신이 아니었다면 나는 깨어나지 못했을 거예요."

윤 정 옥
소 설 집

그
손

그 손

"스님 그럼 전 어떡하면 좋겠습니까?"

간절히 호소하는 서영의 눈빛은 애원으로 빛났다. 서영의 시아버님의 두 번째 49제가 끝난 날 밤이었다. 스님은 묵묵부답. 잠시 후 스님의 깊은숨이 밖으로 토해진다. 서영도 깊은숨을 몰아쉰다. 그러나 고요한 어둠을 깨치지는 못했다. 어둠 속에서도 달은 고요히 흘러가며 두 사람을 비추었다.

고통을 참느라 일그러지는 모습을 지켜보던 서영은 애가 탔다. 진통제를 놓아주기만 할 뿐 속수무책인 의사가 밉기도 했다. 환자의 아픔이 보호자인 서영의 가슴을 쥐어짜듯 전달되어왔다. 노인의 바짝 마른 몸은 어린애의 무게와도 같았다. 그렇게 고통 속에 헤매던 서영의 시아버지는 결국 말기 위암으로 가고 말았다.

한 인간의 죽음은 거창하지 않았다. 세상에 태어나서

죽음을 처음 본 서영은 운명이랄 것도 없이 한순간에 눈을 감고만 시부를 본 것이다. 어떤 삶을 살았건 적어도 인간은 죽음이 달라야 한다고 여겨왔는데 죽은 뒤 물체가 굳어버린 다른 동물처럼 조금도 다르지 않았다. 허무라고 표현하기에도 가벼울 정도로 존재의 무게가 느껴지지 않았다.

S시의 작은 화장터는 가을 아침에 텅 빈 모습으로 서영의 가족을 맞았다.

야트막한 산들이 병풍같이 둘러서 있고 처음 와보는 곳이었는데도 늘 왔던 곳처럼 눈에 익었다. 아니 눈에 익기보다는 가슴속 한구석에 접혀져 있던 추억 속의 모습이 다시 눈 앞에 펼쳐진 듯하였다.

11월임에도 야산자락에 서 있는 아카시아 나뭇잎들은 누렇게 시든 채로 가지에서 바람에 나풀대고 있었다. 멀리 산자락 아래로 등 돌리고 앉아있는 몇 채의 집이 눈에 들어왔다. 그 앞에 가을걷이 끝낸 논은 텅 비어 있었다. 그 사이로 아침 햇살이 비집고 들어와 논에 시선을 떨구고 서 있는 서영의 흰 치마 아래 끝까지 따뜻이 감싸주었다. 죽은 사람은 말이 없는데 햇살이 몸에 비추일 때는 따뜻하다가 바람이 일고 그늘이 지면 금세 추워서 옷깃을 여

미며 햇살을 쫓아가니 서영은 이것이 살아있다는 것이로구나 하고 생각했다. 자신이 생명체임을 일깨워주는 싸늘한 바람이 넋 놓고 있는 정신을 자주 흔들어 대었다. 아랫마을에서 컹컹 개 짖는 소리가 들려왔다. 그 순간 옳거니, 죽음이 달라야 하는 것이 아니라 삶이 달라야 하는 것이로구나, 서영은 참 이렇게도 철이 늦게 날까, 스스로 얼굴을 붉혔다.

서영은 시아버지의 장례 앞에서 딱 세 번 울었다. 전혀 눈물이 나지 않으면 맏며느리로서 조문객에게 민망하여 어쩌랴 싶어 영안실에서 평소 안 쓰던 안경을 쓰고 있었다. 시아버지가 돌아가신 다음 날 12시쯤에 입관을 한다고 영안실 직원이 직계가족을 영구 앞에 둘러서게 하였을 때 남편 옆에서 뜨거운 눈물을 처음 흘렸다. 시아버지는 평소처럼 차갑고도 냉엄한 표정으로 편안히 누워있었는데 남편은 시신의 머리를 쓰다듬으며 오열했다. 가슴속의 불덩이가 밖으로 터져 나오듯 남편의 얼굴은 벌겋게 상기된 채 눈물범벅이 되었는데 그 눈물이 전염되어 서영의 가슴속에서도 뜨거움이 솟구치며 눈물을 흘리게 했다.

남편은 삼 분의 일쯤 떠 있는 아버지의 눈을 자주 쓸어

내려 주었는데 시체에 손을 대는 것이 싫어서 서영은 남편의 검은 양복 자락을 옆에서 잡아당겨 이성을 차리도록 주의를 주었다. 아들과 며느리의 차이점일까? 아니 죽은 이에 대한 정이 눈물의 양도 조절하는 것일까? 입관 후 하루를 더 영안실에서 지낸 이튿날 아침, 서영은 차분하게 영정 앞에 있던 짐들을 챙겨서 영구차에 실었다. 화장터로 떠나기 전 관을 운구한 뒤에 영구차 앞에서 돗자리를 깔고 영정을 놓은 채 발인제를 가졌는데 이때 두 번째로 서영은 소리치며 울었다.

주민등록증 사진을 확대하여 놓은 젯상 앞의 시아버님은 비애스러움을 감추는 듯 이제 막 울음 그친 아이같이, 아니 건드리면 또 울 것처럼 그들을 보고 있었는데 혼수상태에서도 큰며느리인 서영을 부르며 찾더라는 것이었다. 그 때 한 번 더 뵈러 왔어야 했을 것을 서울에서 직장을 다니던 서영은 직장 일을 핑계 삼아 가보지 않았다. 의식을 잃은 뒤 와보았었고 운명하신 뒤 뵈러 온 것이 서영의 가슴을 아리게 했다. 그렇게 살다 가실 것을, 그 짧은 생애를 살다 갈 것을 얼마나 오래 살 것처럼 갈등하며 순간순간 미워했었나. 제대로 모시지 못해 죄송해요 아버님, 소리치며 서영은 울었다.

돌아가시기 3년 전부터 모시던 서영의 막내동서는 쉰 목소리로 울어댔는데 우는소리는 더욱 쉰듯하여 며칠을 두고 계속 울기만 했던 사람처럼 목이 잠겼다. 꺼이꺼이 목이 꺾일 듯 울어댔다. 서영처럼 15년을 한집에서 살며 미운 정 고운 정 들어서 우는 것은 아니었다. 한 번도 같은 집에 살지 않았고 좀 떨어진 곳에 방 한 칸 세내어 아버님을 뉘여 놓고 밥은 아침에 한 번 해서 점심까지 먹게 하고 저녁이면 자기 남편이 날라다 주었었다. 어차피 분식점을 하는 그들이었고 주문배달처럼 그렇게 아침에 한 번 저녁에 한 번 들러서 챙겨주었다. 동서는 시아버지 혼자 사시는 방에 들른 적도 없어서 정들 것도 뗄 것도 없건만 우는 것만은 기가 막히게 섧게 울어대었다. 마음 여린 서영은 남이 울면 영문도 모르고 따라 눈물 흘리는 섬세한 감성의 소유자라 그 우는소리에 또 눈물이 솟았다.

　솔직히 자신도 전적으로 그 죽음이 슬퍼서 우는 것이 아닌 것이다. 막내동서의 눈물이 전염되어 불만투성이인 자신의 삶이 서럽고 슬프게 떠올라 그만 자기가 불쌍해져서 눈물이 난 것이었다. 막내동서는 또 얼마나 자신의 팔자가 기가 막혔을 것인가. 세 살배기 아들 데리고 하루아침에 청상과부가 되어 막내 시동생인 남편을 만나 개가하였고 오로지 피붙이인 친정엄마가 석 달 전에 고혈압으로 가셨으니 그 설움에 우는 것이리라.

구조 조정에 밀려 실직한 서영의 남편은 모시던 홀아버지를 막냇동생에게 보내 놓고 장남의 도리를 다하지 못한 가책과 아버지가 중년 이후에 부모 노릇 못해 증오해 왔던 자신의 행동이 또한 후회막심, 이 설움 저 설움이 겹쳤을 것이었다. 다시 모셔가라고 하면 어쩌나 전전긍긍한 것도 사실이었다.

어려서 큰집, 작은 집으로 이웃집 떡 돌리듯이 자식들을 떼어놓고 혼자 방랑의 세월을 살다간 아버지에게 무슨 정이 있으랴. 막내 시동생은 눈물은커녕 시원하다는 표정으로 울지 않았다. 아니 조금은 들뜬 듯 조문객들을 맞이하고 있었다. 차라리 그가 더 위선 없는 위인 같았다. 평소 아버지에 대한 정이 없다고 한 그의 말 그대로였다.

"잘 가셨어요. 이것도 복이에요"

가식으로도 꾸밀 줄 모르는 고지식하기만 한 막내 시동생은 본심을 그대로 드러냈다.

"삼촌, 그런 소리 하지 마. 친척들이 들으면 뭐라 그러겠어?"

서영은 타이르면서도 저 정도니 모시는 동안 오죽했을

까, 속으로 혀를 찼다. 자신이 한 똑같은 행동은 그럴 수 있어도 시동생의 그 말엔 섭섭해지며 흉보고 싶어지는 것이었다.

'삼촌은 삼 년 모셨지만 나는 십오 년이야. 꼭 다섯 배였어'

그 소린 고걸 갖고 그렇게 지겨워해? 하는 소리와 다름 아니었다.

세 번째, 화장터에서 관을 화구에 넣기 전에 유리 칸막이 안에 놓은 채 다시 제사를 지내고 술을 한 잔씩 따르는데 곧 울 듯한 시아버지의 영정 사진을 보자 너무 허망하여 서영은 또 눈물이 났다. 슬퍼서 우는 것이 아니라 그 인생이 불쌍하여 울었다. 아마 10년쯤 앓다 갔으면 지겨워서 울음은커녕 '축, 초상'이요 '쾌지나 칭칭나네' 노래가 나왔을지도 모른다. 그런데 그만 마지막에 자식들 힘들지 않게 봐주려고 가신 것처럼 중환자실에서 보름을 앓다가 돌연 가시고 말았다. 너무 짧아서였을까, 돌아가셨다는 것이 실감이 나지 않아 더욱 허무감이 들었다. 서영은 효도하던 며느리같이 의외의 울음이 나는 자신에 대해 대견하며 새삼 놀라웠다.

시아버지를 그렇게 훨훨 태워버리고 말았다. 한계령 산

자락으로 가서 환경오염 때문에 상자에 넣지도 않고 하얀 종이에 싸준 따뜻한 유골 가루를 남편이 양복 속에 품고 와 오열하며 허공에 뿌려댄 것으로 끝이었다. 3일 만에 마치 없었던 일처럼 흔적도 없이 사라지고 말았다.

친척들에게 애쓰셨다고 두루두루 인사한 뒤 헤어져 시동생 집에 들렀다. 부조 돈을 셈한 뒤 지출과 수입을 계산하고, 남은 돈은 동서에게 애썼다고 다 주고 왔다. 서영은 남편과 함께 고속버스에 몸을 실었다. 기울어 가는 노을이 차창 안으로 들어와 피곤에 지친 서영의 얼굴을 붉게 물들였다. 버스 안 TV에서는 스릴 있는 영화가 나오고 있었고 잠시 눈길을 주던 남편도 이내 코 고는 소리를 내며 고개를 떨구고 잠에 빠져들었다. 창밖의 풍경이 서글퍼 보인다고 느끼며 서영도 의자 등받이에 기댄 채 정신없이 꿈에 빠져들었다.

두 시간쯤 지나서 서영은 눈이 떠졌는데 창밖을 보니 차는 깜깜한 고속도로 위에서 짜증스럽게 정체돼 있었다. 꿈속에서 있었던 행사처럼 자신이 장례를 치르고 오는 사람이라는 게 실감이 나지 않았다. 언제 울었었던가, 눈은 부어있었다. 망자나이 여든이면 호상이었다. 빈말이라도 아쉽다고 하는 사람이 없었다.

그런데 돌아가시기 전날까지 중환자실에서 보름 동안 남편이 간호를 했는데 병원에선 얼마나 더 살릴 수 있을 것처럼 이 검사 저 검사를 한다며 피를 뽑아가고 소변을 받아가더니 의사도 사망 삼 일 전에는 더 이상 환자를 괴롭히지 않고 버려두었다고 했다. 회진 때에도 의사는 고개를 돌린 채 말없이 가버렸다고 했다. 남편은 가망이 없음을 알았다. 위암 외에 병명이 또 있었기 때문이었다. 환자의 의식은 말짱해서 말은 못해도 종이에 글씨로 표현하던 아버님은 서영이 언제 오느냐고 써 보이더란다.

그날 밤, 환자의 팔에서 링거 바늘을 뺀 사람은 누구일까? 얼마 못사신다는 판정이 나왔는데도 말이다. 다녀간 사람은 막내 시동생뿐이었고 남편은 보호자 침대에서 잠들어 있었는데 관심도 없던 막내가 새삼 무슨 울분으로 생명을 재촉했단 말인가. 절대 그런 행동을 할 성격의 사람이 아니었다. 남편이 깨어보니 바늘이 빠져있어 간호사를 불러 다시 링거 바늘을 손등에 찔러 넣었다고 했다. 남편이 잠들기 전에는 확인했었으니까 아무 이상이 없었는데 잠이 든 시간이 세 시간 정도였다고 했다. 30분 후에 운명할 것도 모르고.

남편이 성격은 다혈질이라도 평소 싫은 말도 제대로 못

하는 천성이라 모질게 해본 일이 없는데 보름 동안 대소
변 받아 내며 잘 해오던 간호를 지겨워서 죽으라고 갑자
기 빼버렸을까? 아무리 생각해도 도무지 아니었다. 본인
이 빼버렸을까? 살고 싶은 의욕으로 가득 차 있던 노인이
그럴 리 만무했다. 아버님은 손등의 주삿바늘 위에 고정
시켜 논 흰 테이프가 떨어질 것 같자 자꾸 붙이려고 다른
손으로 다독였었다. 물 한 모금 넘기지 못하던 환자에게
링거가 유일한 생명유지의 수단이었는데 참으로 알 수 없
는 일이었다. 그 일이 있기 전에 약 일주일은 더 충분히 살
수 있을 것으로 추정했었다.

　누가 안락사를 시켰을까? 옆의 침대에 새로 들어온 75
세의 노인 할아버지 환자가 치매를 앓으며 췌장암 말기였
는데 그 노인이 그랬을까? 왜냐면 노인은 자꾸 자신의 발
목에 찔린 바늘을 빼버렸었다. 바짝 마른 몸으로 어디서
그렇게 우렁찬 소리가 나오는지 친구들이 지금 술 사준다
고 술집서 기다리고 있으니 가야 한다고 간호사에게 주사
기를 빼버리는 이유를 대었다. 보호자인 딸이 보다 못해
화가 나서 아버지를 때렸는데 그 광경이 너무도 우스워서
서영은 돌아서서 웃었다.

　간호사들이 의논 끝에 노인의 손을 흰 거즈로 침대에

묶어 버렸다. 노인은 풀어달라고 크게 울어댔다. 딸은 안 된다고 고개를 단호히 내저었고 서영이 왜 그러세요? 하고 묻자 노인은 손 좀 풀어달라고 했다. 노인이 다시 울기 시작하자 중환자실(이 병원은 준 종합병원의 규모로 개인병원과 같아서 중환자실에도 보호자가 늘 옆에 붙어 있어야 했다) 이 온통 시끄러워져서 약속을 받아내고 풀어줬는데 그 노인이 남편 잠든 사이에 와서 그랬을까? 그때 이미 서영의 시부는 혼수상태에 빠지기 시작해서 잠들어 있는 사람 같았다.

어쨌거나 가신 뒤에 따져서 뭘 한담? 서영은 눕혀놨던 버스의 의자를 곧추세웠다. 서영은 돌아가신 영혼이 극락으로 가시도록 빌어보았다. 자신이 죽은 뒤 자식들도 이렇게 시원섭섭해할 것을 생각하자 쓴웃음이 나왔다. 서영은 마지막에 아픈 고통을 잘도 참아내시던 아버님이 새삼 또 불쌍히 생각되었다. 아버님 고통을 덜어드리고 싶어 애타던 자신은 소생하기 어렵다는 판정이 나자 편히 가세요 좋은 곳으로 가세요 그렇게 비는 방법밖에 없었다. 치료는 의사에게 맡긴 채.

혹 그 바늘을 자신의 손이 뽑았나? 섬짓하여 고개를 들고 주변을 살폈다. 언제나 이런 미친 망상이 현실과 상상을 넘나들었다. 누군가 네가 뽑았지? 하고 달려 들으면 상상의 모습이 실제였던 것처럼 자신이 한 걸로 의식되어지는 서영이었다.

시아버지가 의식 있을 때 다시 와보지 못했던 서영은 혼수상태에서 한번 뵈었고 임종될 줄 모르고 직전에 병원을 나왔는데 사망 소식을 길에서 휴대폰으로 듣고 다시 되돌아갔었다. 터미널서 버스에 오르기 전이었다. 바늘 빠지기 전 시각에는 남편과 둘이 교대 중이었는데 너무 고단해서 서영은 중환자의 보호자 대기실에서 두 시간정도 눈을 붙인 후 병원을 떠나왔다. 어쨌거나 서영이 가고 없을 때 사고를 알았고 임종은 남편 혼자 지켰다.

"에미야, 오늘은 만둣국 좀 만들어 먹자"

"예, 만두국이 잡숫고 싶으셨어요? 그야 어렵지 않죠"

시어머님이 안 계신 탓에 결혼하면서 홀시아버지를 모시고 함께 살던 서영은 만두 속을 만들기 시작했었다. 신 김치를 다지고 두부를 하얀 행주에 짜놓고 숙주나물을 데쳤다. 밀가루 반죽을 하는데 초등학교 2학년인 아들아이가 심심해하는 것 같아서 반죽을 탁구공만 하게 떼어주니 재미있어하며 주물럭거렸다. 서영은 부지런히 시아버지와 함께 만두를 빚었다. 점심시간이 훨씬 지난 세시나 되어서야 세 사람은 만두로 포식을 했다. 커피를 좋아하시던 아버님이 서영이 설거지를 하는 동안 며느리 것도 한 잔 타 놓고 식는다고 빨리 오라고 성화이셨다.

말수 적은 데다 어쩌다 한번 입을 떼면 퉁명스런 남편보다도 그 날 있었던 일은 시아버지에게 종잘종잘 대던 서영이었다. 시어머니 이상으로 자상하면서도 깐깐한 성미의 서영 시아버지는 아들보다도 며느리와 손발이 잘 맞았다.

아파트 5층 베란다에서, 마당에서 놀고 있는 아이들 모습을 바라보던 시아버지는 자신의 손자가 제일 귀티가 나 보인다고 하면서 늘 놀러오던 옆집 아이 보고는 '갠 참 막 생겼더라' 하면서 우쭐해 했다. 말해 놓고도 너무도 어린 아이 같은 심리가 우습기도 해서 두 사람은 깔깔대고 웃으니 옆집 그 아이 엄마가 그 집은 뭐가 그리도 웃을 일이 많느냐고 갑자기 문을 열고 들어와 민망한 적도 많았다. 그러던 시아버지였는데……

멀리 계시다가도 손자 녀석 유치원 졸업식, 초등학교 입학식 때는 꼭 오셔서 참석하신 탓에 기념사진에는 아버님이 한가운데에 주인공처럼 서 계셨다.

노인정에서도 할머니들 사이에서 인기라고 위층 사시는 할머니가 귀띔을 해줬다. 냄새나고 술타령하는 할아버지들 틈에서 그래도 전문대학을 나오셨고 악기를 다룰 줄 알며 일본어도 유창하고 사교춤도 잘 추어 할머니들에게 동경의 대상이었다고 했다. 혼자 사시는 위층 할머니는 별난 음식을 만들 때마다 마나님 안 계신 영감님들이 제일 불쌍하다며 음식을 정성껏 쟁반에 받쳐서 손자들을 시켜 서영 집에 보내오곤 하였다.

아버님은 날씬하고 피부가 하얀 탓에 10년은 더 젊어 보였는데 주변 사람들은 마나님 안 계셔도 며느님이 수발을 잘해서 아드님하고 형님 사이인줄 알았다며 서영에게 칭송을 아끼지 않았다. 거의가 할아버지 인물 탓이건만 그 소린 마치 전부 자신에 대한 칭찬인양 서영은 결코 듣기 싫지 않았고 웃음을 머금은 채 사양하지 않았다.

한번은 노인정에서 커다란 일이 터졌다. 한낮에 집으로 전화가 왔었다. 서영이 받았는데 할아버지가 봉변을 당하고 있으니 빨리 와서 증언을 해주라는 요지였다. 내용인즉 노인정에는 회장이 한 명, 총무가 두 명 있는데 회장직을 맡고 있는 75세 장씨 할아버지와 총무를 맡고 있는 서영의 아버님인 박씨 할아버지(당시 72세)와 80세이신 염씨 할머니가 있었다.

그들은 매일 출근하다시피 하는 노인정 주요 임원들이었다. 그런데 어느 날 이른 아침에 어떤 할머니의 눈에 띄었는지 박총무 할아버지와 총무인 염씨 할머니가 노인정 작은방에서 나오더라는 것이었다. 이는 박총무 할아버지가 염총무 할머니를 데리고 잔 것 아니냐는 것이었다. 그러면서 어제 할아버지가 집에서 주무셨냐고도 물어왔다. 마침 아버님은 그 날 제사 때문에 친척 오촌 아저씨 댁에 가서 다음날 바로 노인정으로 가셨었다. 그 말을 하니 의구심을 가득 품은 채 일단은 집에서 주무시지 않은 것은 사실 아니냐고 되물었다. 노인들이 하도 유치원 어린애들보다 더 어린애 같아서 서영은 웃음을 참으며 한마디 거들었다.

"우리 할아버지가 데리고 잤으면 어떻고 안 잤으면 어떻습니까? 평시에 총무 할머니께서 아들딸들이 주는 돈 모아서 회장단 할아버지들한테 식사를 대접하는 것을 낙으로 삼는다는 소릴 들었는데 고맙게 생각하고 있습니다"고 하자 전화 속의 할머니는 박씨 할아버지는 자기가 아니라고 펄펄 뛰더라는 얘기를 덧붙였다. 물론 회장 할아버지도 아니라고 우기더라는 것이었다. 그러자 노인정의 노인들이 일제히 단합이라도 한 듯 애먼 사람 잡지들 말고 꼭 밝혀야 한다고 입장을 굳혔다는 것이었다.

그날 밤이 되어서야 돌아오신 아버님께 서영은 어떻게 된 거냐고 물었다. 아버님은 한마디로 일축해 버리는 것이었다.

"주책없는 늙은이들, 말할 가치도 없다. 오촌네서 제사 지내고 다음 날 아침 일찍 노인정으로 바로 갔는데 집에서 잤냐, 안 잤냐 그걸 대라는군. 왜 내가 죄졌어? 죄인처럼 이실직고하게. 아니면 아닌 것이지."

작은 체구에 젊었을 때 상당한 미모였다는 염 총무 할머니는 기억이 부실해서 상상과 사실에 가끔 혼돈을 일으키는 모양이었다. 그것이 더 화근이 되었는데 할머니의 횡설수설이 노인들의 소문거리였다. 서영은 '소문의 주인공이 회장 할아버지였던 모양이지요?' 하고 말았다. 뒤에 곰곰이 생각을 정리해 보니 자신의 아버님을 중심 삼아 입에 오르내리는 것이 다 할머니들 사이에 인기 있는 탓 아니겠는가? 시쳇말로 스캔들이었다.

아버님은 또, 노인정에서는 만날 화투치기 하면서 싸우는 게 일이라고 머리를 저었다. '왜요?' '한판 끝나면 서로 내가 선이니, 니가 회니 헷갈려서 싸움질을 한다. 10원짜리 내기에.' 하도 싸우게 되니까 이제 선을 맡게 된 사람은 빨간 모자를 쓰고 한다고 했다. 나는 폭소하였고 아버님도 한바탕 웃으셨다.

이 모든 우스운 얘기들도 뚝뚝한 서영의 남편하고는 안통해도 며느리하고는 잘도 주고받았다. 그런데 두 사람의 공통점은 흑백을 꼭 가리고야 마는 성미가 돼서 의견충돌이 나면 반드시 언성을 높였다. 세월 속에 미운 정 고운 정이 묻혀 더께처럼 그들의 가슴에 내려앉았나 보다. 다만 말년에 외롭게 혼자 방 한 켠에서 외출도 안 하시고 사시다 가신 것이 못내 서영의 가슴에 한으로 남았다.

병원 계실 때 중환자실 맨 구석 자리에서 환자를 보호하던 할머니가 오셔서 '우리 영감은 곡기 끊고도 한 달을 더 버텼어. 할아버진 오래 사시겠어. 그러다 소생하실지도 몰라, 우리 영감보다 훨씬 강단 있으니······' 그 말에 서영 부부는 놀라서 마주 쳐다보았다. 저 고통을 어떻게 더 견디라고······ 고통의 시간을 줄여준 그 손은 사랑이었을까······.

서울 집으로 돌아온 서영은 자기가 다니던 절의 스님을 뵙고 49제를 시작했고 아버님 살아생전에 다니던 성당에 부탁하여 좋은 곳으로 가시도록 연미사를 드려 달라고 당부했다. 연도도 물론 부탁했다. 그런데 왜 머릿속에서 링거주사기를 빼던 손의 임자는 숨바꼭질하고 있는 것일까? 일찍 가시게 해서 고통을 줄여준 누군가에게 고마운 마음에 절하고 싶고, 자손들에게 고통을 덜어준 아버님께 진심으로 감사드리고 싶은 마음도 솔직히 부정할 수는 없었다. 그러나 그 손이 자신의 손은 아니었다.

그러고 싶었던 자신의 마음과 누군가 했던 손의 행동은 무슨 차이가 있을까? 그러자 곧 그 손의 임자가 자신이었던 것처럼 악수하듯 포개지는 것이 아닌가. 아니야, 아니야, 서영은 강하게 고개를 내 저었다. 그런데 시아버지는 왜 그렇게 임종 전에 자신을 한 번 더 보고 싶어 하셨을까? 서영은 수수께끼처럼 궁금증이 일었다. 달리하시고 싶은 말씀이 있었나?

서영은 죽었다 살아난 사람들이 그 체험을 모아서 이야기로 엮어 놓은 책을 본 것이 떠올랐다. 그들은 하나같이 죽어서 영혼이 그 육체를 빠져나와 자신의 죽은 모습을 보며 식구들의 슬피 우는 모습도 보았다고 하였다. 서영은 시아버지도 이런 자신의 생각과 모습을 천상에서 내려다보고 계신 거나 아닐까? 하고 생각됐다. 그러자 왠지 섬쩍지근해졌다.

한번 가면 영원히 만날 수 없기에 인간들은 죽음을 두려워하며 산다. 죽은 뒤라도 다시 한번 만날 기회가 있는 것이라면 아마 인간의 역사는 바뀌지 않았을까? 또 그렇게까지 후회스럽고 원망스런 삶도 살다 가지 않으리. 누구나 이승을 떠나 저승에 갔다 온다면 이승의 삶에 큰 변화를 몰고 오리라.

베란다의 시들어가는 씨클라멘을 보며 물을 주어야겠다고 생각하는데 아버님은 며느리에게 저승을 갔다 온 선험자로서 무엇을 타이르고 싶으셨을까? 상상이 가지를 쳤다. 서영은 그런 잡다한 상념들에 휘둘리다 잠깐 졸았다.

서영이 옛날 살던 집 앞마당에서 화초에 물을 주고 있는데 대문이 열리더니 마당에 선뜻 시아버지가 들어섰다. 아버님이 들고 있던 검은 가방을 받아드는데 겸연쩍은 표정으로 입을 열었다.

"밥 좀 있냐?"

"예 아버님, 상 차릴까요?"

"그래"

서영이 부엌 쪽으로 가려 하자 시아버지는 그녀를 불러 세웠다.

"에미야, 누가 나를 먼저 가게 했든 더 살게 해주었든 신경 쓰지 마라. 누구 원망 같은 거 안 한다. 내 인생은 내 스스로 구원하는 것이지 남에게 의지하는 것이 아니란다. 네가 내게 섭섭하게 했었던 일들도 언젠가 혼자 사는 시애비 측은하게 여겨서 외롭지 않게 해주려고 베풀었던 그 마음씨가 고마워서 잊으며 살아왔다. 그래도 에미가 가장 날 생각해줬다."

'허지만 아버님, 아버님은 용서하셨어도 제 자신은 용서 못해요' 마음 속으로만 답변을 하고 있는데 그때 초인종 소리가 나서 깨어보니 누군가 아파트 초인종을 누르고 있었다.

"누구세요?"

거실에 있던 서영은 현관으로 급히 갔다.

"우체붑니다. 등기예요."

받은 이의 확인 사인을 받아 낸 우체부는 이내 가버렸고 서영은 우편물을 보았다. 누런 서류봉투 속에 흰 편지봉투가 또 들어 있었는데 겉봉투의 발신자와 수신자는 같은 주소였고, 속의 흰 봉투에는 <에미에게>라고만 적힌 시아버지의 필체였다. 시아버지의 그 글씨체는 독특해서 수백 장 속에 감추어져 있어도 단번에 알아챌 수 있는 글씨체였다. 봉투를 뜯었다.

<에미 신세 다 못 갚고 떠난다. 에미한테 시에미 이상으로 시집살이시킨 것 반성 많이 했다. 외롭게 사는 시애비 외로움 덜어주려고 한 그 마음 고마웠다. 또 직장 다니다 하루 쉬는 일요일에 시애비 체면 유지시켜 주려고 내 친구들 불러와 멍석 펴고 술자리 마련해준 것 등 두루두루 고맙다. 저승 가서 갚으마. 부디 아범하고 건강하고 손자 석기 녀석 훌륭히 키워 다오. 애비 씀>

　더 이상 손에 힘이 없었는지 필체가 흐느적이며 흐려져 갔다. 꿈속에서의 표정과 편지 내용이 흡사하였다. 서영은 가슴이 뭉클해짐을 느꼈다. 아마도 이 편지는 남편이 부쳤을 것이었다. 외며느리 고운 데 없다고 큰며느리 앞에서 미안함 없이 당당하게 받아들이고 행세하던 분이 둘째 며느리 겪어 보면서 조금씩 서영에게 대하는 태도가 달라졌었다. 위선이요, 형식적으로 대하더라도 무시하는 것보단 나았는지 그것조차도 고맙게 생각하는 태도가 언제부터인지 눈에 뜨이기 시작했던 것이다.

　부모로서 자식에게 짐만 지워주면서도 큰소리만 쳐대는 자기 본위 적이었던 시아버지가 이런 글을 남길 때는 보통 이상의 심경변화였다. 분에 넘치는 찬사를 듣는 듯 감동이 왔다. 아버님이 자식들에게 무얼 베풀어 주셨냐고 가슴에 콩콩 박히는 말을 했었던 자신이 그제야 떠올라왔다. 긴 세월이 애증으로 뭉쳐졌다. 그 세월의 앙금이 이렇듯 편지 한 장에 녹다니 아, 아, 참으로 새털보다 가벼운 인간의 마음. 어디서부터 어디까지가 한계일까. 끝도 없이 변해가는 것이 인간의 본성인가. 서영의 눈에 소리 없이 물이 괴었다.

그러나 그 손. 그 손은 어찌하랴…… . 그것은 메아리 없는 외침이었다. 남편은 워낙 말수가 적었지만 별 동요 없이 상제로서 손색없는 나날을 보내고 있었다. 아버님이 병원에서 쓰셨던 편지는 분명 자기가 부쳤을 텐데도 집에 오면 자꾸 잊어버려서 우체국 지나가다 부치게 됐다든지 뭔가 한마디 할 법도 한데 전혀 관심 없는 듯했다. 아니면 다른 이유가 있었다든지 등등. 의심하는 내색은 더더구나 없었다. 보통 때도 무슨 꿍꿍이속이 있는지 알 수 없는 사람이라 포기하고 산 지 오래돼서 서영도 무덤덤했다.

그런데 왜 하필 등기였을까? 일반우편으로 우표만 붙이면 됐을 텐데. 거기에 생각이 이르자 서영은 갑자기 섬뜩해지며 소름이 돋았다. 남편이 강 건너에 있는 사람같이, 아니 먼 친척처럼 거리감이 있고 겉돌아 보였다. 아니야, 그릴 리 없어. 난 아니야. 절대로. 남편은 '영원한 비밀로 해둡시다' 꼭 그리 마음먹고 있는 사람 같았다. 다시 죽었다 깨어난 사람이 되어 아버님이 저승에서 이승으로 내려오신다면….

서영은 불현듯 일어나 벽에서 내려다보고 있던 사진틀 속의 아버님을 벽에서 떼어내어 문간방으로 가서 책장 문을 열고 그 속에 세워 두었다. 장식품이 사진을 가려 시선을 직접 마주치지 않으니 바라보기가 훨씬 편안해졌다. 아버님은 분명히 말씀하셨어. 네게 고맙다고. 네가 날 그래도 가장 사랑해줬다고…. 괜시리 아무것도 아닌 것을……. 벌써 저녁시간 되었네.

오늘 저녁은 무얼로 할까? 순두부찌개? 김칫국? 동태찌개? 된장찌개? 뭇국? 미역국?

'에미야 오늘 저녁은 만둣국 좀 먹자' 아 참, 그렇지 오랜만에 만둣국을 끓여야겠군. '많이 할게요, 아버님' 그 생각은 말이 되어 입술을 움직였다. 서영은 장 가방을 들고 나섰다. 문간방에 시선을 주니 사진 앞에 세워 두었던 인형이 쓰러져 있고 아버님은 '요망한 것' 하며 서영을 곁눈질로 흘겨보았다. 순간 숨이 꽉 막히며 명치끝을 찔렸다. 서영은 냉장고로 가서 찬물을 한 컵 들이켰다. 시원하게 가슴이 뚫리는 듯하였다. 문간방 문을 닫았다.

다시는 그 방에 들어가고 싶지 않았다. 아니 빈집에 혼자서 아버님과 둘이 있고 싶지 않았다. '모두가 팔자소관이야, 죽는 것도, 사는 것도' 서영은 시장을 향해 빠른 걸음을 옮겼다. 누가 발뒤축을 붙잡기라도 하는 것처럼. 지워버려야지. 아무 일 없지 않은가 말이야. 아니 난 아무 상관 없는 사람이니까. 서영은 자신에게 말하고 있었다.

49제를 시작한 지 두 번째 되는 일요일은 어두워서야 끝이 났다. 절 밖의 나뭇가지에 밤이면 혼들이 나와 나무를 맴돌며 숨바꼭질도 하고 춤도 추고 노는 듯이 서영의 눈엔 그것들이 보인다.

"스님, 무어라 한 말씀 좀 해주세요"

서영의 이야기를 다 듣고 난 스님은 계속 말씀이 없으셨다. 답답한 심경이 옥죄오며 스님의 중얼거리는 '나무 관세음 보살'도 무능한 자의 변명 같았다. 하늘을 바라보는 스님의 눈빛이 별빛과 같다고 여겨졌다. 그때 별똥별이 길게 어디론가 떨어져 내렸다. 아버님의 별이 아니었을까.

작가의 말

어두운 밤의 고요는 허전함을 만드는데 따뜻한 봄바람과 가로등 빛에 드러나는 나뭇잎들이 가슴을 파고 들어온다.

모두 잠들어 있는 고요 속의 침묵은 오히려 노크하여 손을 맞잡고 싶도록 시선을 잡아당긴다.

텅 빈 공간에서 한 폭의 그림을 바라보며 공상 속에서 시선으로 덧칠을 해갈 때, 불 꺼진 창들도 깊은 상념 속에서 흔드는 바람과 함께 아랑곳없이 깨어난다.

나이 먹어 갈수록 점점 더 깊어가는 것은 가슴속을 휘젓는 상념들 뿐이다. 인생도 문학도 아득하기만 한데 입속으로 자주 중얼거리는 혼잣말이 있다.

<그때 내가 왜그랬을까?>

한으로 드러나지 않는 생각 속의 한숨들이 줄곧 나를 꼬집는다. 후회가 많다는 것은 잘못 살아왔다는 것 아닐까?

이제 조금 남은 여생을 지혜로운 길을 가며 평화로운 삶이 되도록 이끌어 달라는 기도를 가장 많이 하게 된다. 그간 편히 살아왔음에도 감사의 기도가 부족했던 것 같다. 이제야 철이 나는가 보다. 끊임없이 쓰는 데서 보람을 느꼈다면 나는 아마도 못난 삶을 살았어도 마감하는 날까지 가장 마음에 드는 작품을 안고 편히 잠들 수 있지 않을까? 뿌듯한 소망이 가슴에 가득히 차오르는 듯하다. 무엇보다 작품을 읽어주신 독자 여러분에게 감사의 인사를 드린다.

2020년 9월

윤 정 옥

윤정옥 소설집

거울 속 뒷모습

| 초판 1쇄 인쇄일 | | 2021년 09월 22일 |
| 초판 1쇄 발행일 | | 2021년 09월 25일 |

지은이		윤정옥
펴낸이		한선희
편집/디자인		우정민 우민지
마케팅		정찬용 정구형
영업관리		정진이 김보선
책임편집		우민지
인쇄처		국학자료원 새미(주)
펴낸곳		국학자료원 새미(주)
		등록일 2005 03 15 제25100−2005−000008호
		경기도 고양시 일산동구 중앙로 1261번길 79 하이베라스 405호
		Tel 442−4623 Fax 6499−3082
		www.kookhak.co.kr
		kookhak2001@hanmail.net

| ISBN | | 979-11-90988-76-6 *03810 |
| 가격 | | 13,000원 |

* 저자와의 협의하에 인지는 생략합니다.
  잘못된 책은 구입하신 곳에서 교환하여 드립니다.
  국학자료원 · 새미 · 북치는마을 · LIE는 국학자료원 새미(주)의 브랜드입니다.
* 이 도서의 국립중앙도서관 출판예정도서목록(CIP)은 서지정보유통지원시스템 홈페이지(http://seoj
  i.nl.go.kr)와 국가자료공동목록시스템(http://www.nl.go.kr/kolisnet)에서 이용하실 수 있습니다.